YVES NAVARRE

Une Vie de chat

ROMAN

ALBIN MICHEL

Paru dans Le Livre de Poche :

LE PETIT GALOPIN DE NOS CORPS.
LE CŒUR QUI COGNE.
LE TEMPS VOULU.
LE JARDIN D'ACCLIMATATION.
ÉVOLÈNE.
NIAGARAK.
BIOGRAPHIE, tome 1.
BIOGRAPHIE, tome 2.
ROMANCES SANS PAROLES.

UNE VIE DE CHAT

Yves Navarre est né en 1940 en Gascogne. Très jeune, il écrit des romans, des pièces de théâtre, des poèmes. Il fait ce qu'il appelle « son apprentissage ».
En 1971, il publie enfin son « n-ième » roman : Lady Black, *puis en 1972* Evolène *et en 1973* Les Loukoums. *C'est ce roman qui le fera connaître du grand public. Depuis, il a publié, entre autres,* Le Cœur qui cogne, Killer, Niagarak, Le Petit Galopin de nos corps, Je vis où je m'attache, Portrait de Julien devant la fenêtre, Le Temps voulu, Le Jardin d'acclimatation *(Prix Goncourt 1980) et, plus récemment,* Louise *et* Fête des mères. Une vie de chat *a obtenu le Prix 30 millions d'amis.*
Auteur de théâtre, ses pièces — Il pleut, si on tuait papa-maman; Histoire d'amour; Freaks Society; La Guerre des piscines; Les Dernières Clientes *— composent une œuvre tout aussi originale que ses romans.*

Voici un roman de chat écrit par un chat. Oui, les chats savent écrire. Parce qu'ils savent se taire, observer, écouter et donner le meilleur d'eux-mêmes, rien que le meilleur. Le chat Tiffauges écrit donc, ici, le roman de sa vie. Il dit « je », ce qui en principe est le privilège des humains, bipèdes, doués de Raison. Il dit aussi Tiffany, sa première épouse; Tityre, sa seconde épouse; Abel, son maître, écrivain de métier, un obstiné qui écrit toujours le même roman, jamais le même roman et qui, malgré tout, contre vents et marées, persiste et signe. Ce roman écrit par le chat Tiffauges est un chant d'amour, et d'humour, à ses épouses et à son maître. C'est aussi et surtout, un chant de tous les jours, une vie de chat, rien qu'une vie de chat, et ce n'est pas rien, du début à la fin. Dans le roman inattendu, vif, alerte, souvent drôle, parfois poignant, on retrouve le Abel Navarre, pardon le Yves Navarre, des jours fastes et vrais, celui du *Cœur qui cogne,* de *Biographie,* de *Je vis où je m'attache* et plus récemment de *Louise* et de *Fête des mères.* Pour le plaisir. Et pas seulement la caresse.

Et si je n'ai personne pour m'entendre
Je parle d'amour à moi-même.

UN

Je m'appelle Tiffauges. Je suis un chat. J'écris. Comme si quelqu'un pouvait écrire à ma place. C'est moi. Je suis je. Le chat. Un chat. C'est à prendre ou à prendre, pas d'alternative. Vous avez encore le choix et abandonner ce livre. Vous êtes libre. Voici ma vie. Et ma mort. Je m'appelle Tiffauges. J'écris.

Il me faudra beaucoup de solitude pour y arriver. Une discipline de chat. Pas trop de morale, je la leur laisse, à eux, les bipèdes qui, en principe, se tiennent debout sur les pattes arrière par curiosité et pour voir plus loin. Et parce qu'ils savent ouvrir les portes des réfrigérateurs, ils se croient tout permis. Ils se croient *tout.* Si le roman de moi vire à la fable, ce sera dommage.

Des circonstances de ma naissance, je ne peux m'en tenir qu'à ce que j'ai entendu dire maintes fois. Qui peut faire autrement? Ma mère s'appelait Mounette. Je ne suis même pas sûr de son nom. Dans un village, près de Paris, elle vivait en pute ou en amoureuse, c'était un peu *la fiancée du pirate,* expression souvent employée par Il, celui avec lequel j'allais vivre pendant dix ans. Ma mère aimait les chats, c'est tout. Reconstitution des faits. Mounette, appelons-la Mounette, du genre errante, une miaulante des jours de clair de lune, ni belle ni moche, une efficace, une fervente, décide d'avoir une maison et un maître. Elle se poste sur le rebord extérieur de la cuisine d'un ancien presbytère, où vit, en solitaire, célibataire, ermite, mais pas trop loin de Paris, un écrivain qui déteste les chats. Rien n'excite plus une chatte dévoreuse de gros minets qu'une maison où l'on n'aime pas les chats. Cent fois on la chassera. Cent fois elle reprendra le siège du château fort. Un jour, le propriétaire de la maison oubliera de fermer la fenêtre de la cuisine. Le tour sera joué. Après tout, une femme dans la maison, c'est bien. D'abord la cuisine, puis l'entrée, le salon et, audace, le premier étage, la chambre du maître, son lit, où, régulièrement, elle ira faire des petits, demi-frères, demi-sœurs, des flopées de chatons, comme une poule fait ses œufs. A chaque heureux événement, l'écrivain lui en laissera un, ou une, pour qu'elle donne à téter. Très vite, Mounette repartira, à l'appel de l'amour. Je suis le rescapé d'une de ces livraisons.

Je ne sais pas grand-chose de mon père. J'ai le souvenir très vague de quelques douceurs, à la tétée, le ventre de Mounette. Mais elle s'occupait de moins en moins de moi. A elle les rues du village, les souillardes, les hangars, les champs et les bois. Je crois que l'écrivain la grondait. Je suis mon propre père. On n'a pas le sens de la famille chez les chats. La mère, oui, un peu, brave Mounette. Le père, pas. Je me rendrai compte, plus tard, de ce à quoi j'ai échappé.

Je suis donc né dans une bonne maison. Cela vaut bien des pedigrees. Le maître de Mounette avait acheté cette maison avec les droits d'auteur d'un roman qui a toujours un vif succès et dont le héros ou personnage principal s'appelle Abel Tiffauges. Ce détail est important pour la bonne compréhension de la suite. Le maître de Mounette, ma mère, l'acharnée des matous, est un être tendre et tellement distant que sa distance eût pu faire oublier sa tendresse s'il n'avait été superbement ombrageux. Sans doute aime-t-il l'enfant qu'il n'a jamais été? Je l'ai vu. Nous le verrons. Un peu plus loin. Il y va de mon sentiment. Cet homme n'était pas caressant : un ogre au festin du *Petit Poucet,* tout à rebrousse-poil à l'intérieur, fâché de n'être pas le philosophe qu'il est et furieux d'être devenu le romancier célébré qu'il rêvait de devenir. Je ne dis pas du mal de lui. Je dresse son portrait sans lequel le mien n'aurait que peu de traits et mon nom aucun sens. C'est à lui que je dois d'avoir été choisi, chaton, sans savoir si j'étais une ou un, et j'étais un, un mec, dans la livraison habituelle de Mounette, ma coureuse, ma reine du haut des murs. Tiffauges est le nom d'un château fort où, en son temps, Gilles de Rais, cousin du roi, qui dans la mémoire des gosses allait devenir le terrifiant Barbe-Bleue, exécutait des enfants, étranges sacrifices, innocents qui selon lui allaient directement au Paradis. Abel, frère et victime de Caïn, était peut-être le plus fort des deux. En temps voulu, j'appellerai mon maître Abel. Tout se complique tout de suite, quand on veut se dire. Le malheur est que je n'écris pas pour des chattes ou des chats. Qu'est-ce que le maître de Mounette a fait de mes frères et de mes sœurs? Ça grouillait autour du ventre de ma mère. Je me suis retrouvé seul. Dans le lit, d'abord. Dans un carton, au pied du lit, ensuite. J'avais ouvert les yeux. Mounette venait de moins en moins me voir. J'avais peur de l'ogre. J'avais froid. J'étais sale. Mounette oubliait de me lécher. Elle était pressée. Elle aimait. Je la comprends. C'était une vraie chatte, de tout un peu, ni tigrée ni rousse, une séductrice pour le plus grand nombre. Et moi, carrément noir et blanc, avec les pattounettes et le bout du nez roses. Comme mon père. Mais je suis mon père. Je suis Tiffauges. J'écris.

Après, je serai libre, libre d'avoir été celui que je fus et libre d'être qui je suis. Les chats ne meurent que dans l'esprit de celles et de ceux qui n'osent pas aimer ou s'aiment trop pour savoir écouter un silence. La reconstitution se complique. Il y va de mon identité. Voici donc les circonstances de mon adoption. Il était une fois une romancière qui avait écrit un roman qui racontait l'histoire d'une femme qui abandonne ses enfants pour vivre avec ses chats. Il était une fois le mari de cette romancière qui avait aimé le roman du beau ténébreux du presbytère au point d'écrire un texte sur *La Vocation maternelle de l'homme*. La romancière et son époux étaient amis avec Abel et lui disaient, depuis des années qu'il était un chat, qu'il lui fallait un chat. Abel, encore un écrivain, encore un romancier, venait de quitter un studio du cœur de Paris pour un appartement plus grand, sur les quais, afin d'effacer le souvenir d'un premier amour qu'il nommait Rupture N° 1. Un dîner eut lieu chez la romancière, ses chats et son mari. Le texte sur *La Vocation maternelle de l'homme* allait être publié en postface de l'édition en format dit de poche du roman dont Abel Tiffauges était le héros. C'était un dîner de convenances. Un dîner de quatre. L'ermite était venu de son presbytère. Mounette ne s'occupait vraiment plus de moi. Elle venait encore une fois de trouver le chat de sa vie. Mon futur Abel avait été invité pour toutes sortes de raisons que je n'ai jamais comprises, privilèges des bipèdes dits humains et qui, entre nous, entre chats, sont plus naturellement exprimées : un brin de jeunesse, amitié, affection, je ne sais trop quelle communauté de goût amoureux ou plus simplement une invitation rendue. Toujours est-il que la romancière, au dessert, fit remarquer à mon futur Abel qu'il avait désormais un appartement assez grand pour un chat. L'ogre dit « mais j'en ai un et sa mère, une gourgandine, ne s'occupe déjà plus de lui ». Mon futur

Abel a répondu « très bien, je le prends et je l'appel- « lerai Tiffauges ». « Ah! non » dit la romancière « c'est un nom terrifiant. » « Il sera terrible. Je l'appelle Tiffauges. » L'ogre murmura à mon futur Abel « je te l'apporterai demain matin, avant neuf heures ». Ça veut dire quoi « gourgandine »? Ça veut dire quoi « prendre un chat »? Et puis on apporte quelque chose et on amène quelqu'un, on emporte quelque chose et on emmène quelqu'un, Abel dira souvent à des amis « on n'emporte pas grand-mère au cinéma ». Passons sur le *on*, c'est qui *on*?

Je ne cherche pas à faire pitié ou à blâmer qui que ce soit, c'est ainsi que ça s'est passé, le début d'une vraie vie de chat. Le lendemain, tôt le matin, Mounette n'était pas rentrée, j'avais faim, j'avais froid, et je suppose qu'entre frères et sœurs, dans ce cas-là, on aurait pu se tenir chaud. Je dormais tout pelotonné, dans un chiffon forcément sali, et moi avec, dans la petite caisse, au pied du lit. Brusquement la main de l'ogre me saisit, me brandit, me fourgue dans un immense carton qui sent le livre neuf, le papier imprimé, une odeur qui me sera, plus tard, familière. Tout dans le haut, si haut, se rabattit. Il y eut trois coups de couteau pour faire des trous et de la lumière. J'ai vu les lames crever le carton. Un meurtre? Et moi, alors? Mais les chatons comme les enfants, en principe, ne pensent pas. Après, ça tanguait. J'ai « fait », et je ne voulais pas revenir là où j'avais « fait ». J'étais déjà sale. Il y eut un bruit de moteur. Du froid. C'était novembre. J'appelais Mounette. J'ai miaulé, comme ils disent, pour la première fois, pas assez fort, un chaton qui miaule, ça ne s'entend pas. Ça me plaisait. J'avais de la voix. De nouveau, ça tanguait. Et moi, glissant d'un bout à l'autre du carton. Tiens, j'avais des griffes. J'en aurais. Un coup de sonnette. L'ogre dit « je ne vais pas rester longtemps j'ai un rendez-vous à dix heures moins le quart, tiens, voici la chose ». Le carton s'est ouvert. J'ai vu un bipède à moustaches. Il m'a dit « bonjour Tiffauges ». Je m'appelais donc Tiffauges. C'était Abel.

C'est quoi « la chose »? C'est quoi, leur langage, les mots qu'ils emploient, toujours pressés, pressés de partir, pressés de convaincre ou d'imposer, pressés de dire, quoi? Abel m'a pris dans la paume de ses mains, une paume pour deux mains, en creux, comme un nid, tout doucement, et il m'a embrassé sur la tête entre les deux oreilles, pas dégoûté. J'ai eu très peur. J'ai fermé les yeux. Allait-il me lécher, comme Mounette, c'était si rare et si bon? Rassuré, porté, j'ai vu un long, très long couloir, et au bout, une pièce, la cuisine. Là, Abel, à genoux, immense, écrasant, mais à genoux comme s'il avait voulu se mettre à quatre pattes comme moi, m'a poussé de la tête dans une assiette pleine de lait. J'ai éternué. Je me suis léché les babines. Tout de suite après je lapais. C'était bon. Du lait. Sans le ventre de Mounette. Mais du lait. Une petite boulette de viande hachée ensuite, découverte, même jeu. Après ce fut la toilette. Dans l'évier. Avec une éponge d'abord. Avec une serviette à lui ensuite. Je voulais qu'il me lèche. Je me suis débattu. Ensuite il m'a mis dans son pull-over, par-devant, contre son ventre. Il a marché. Il s'est assis. J'étais propre. Je n'avais plus faim. J'avais chaud. Je me suis endormi illico.

DEUX

De temps en temps, à travers le pull-over, je sentais sa main. C'était pas du Mounette mais c'était pas mal, moins que rien ou que peu. Rien à voir avec la main de l'ogre. Je séchais. Je dormais. Je faisais des rêves de ventre et de tétons, tant de tétons pour moi tout seul. Et l'étrange bruit d'un moteur de voiture. En voyage, les paysages sont-ils interdits aux chats? Là, bien en boule, dans le pull, propre, nourri, cajolé et lui bougeant sur le fauteuil de son bureau, écrivant, se penchant pour jeter un papier dans la panière ou pour attraper sa machine à écrire, une rouge, qu'il appellera sa Valentine, et le cliquetis auquel je m'habituerai dès le premier matin, je me suis dit que de toutes les façons je n'avais pas le choix. Les chats n'ont pas le choix. Même s'ils choisissent comme Mounette. C'était très bien ainsi. Je serais donc plus fort que lui.

Echappé du pull-over, tombé ou extirpé, je ne me souviens plus très bien, je me suis retrouvé dans la cuisine et lui, de nouveau à genoux, devant un plat rectangulaire, bleu, où il n'y avait pas du lait mais du gravillon, du sable qui sentait le propre. Dix fois, vingt fois, j'ai voulu fuir. A chaque tentative, Abel me rattrapait, me posait au milieu du plat bleu en me caressant le dessus de la tête, entre les deux oreilles, de quoi fondre de plaisir. J'ai fondu. D'émotion, au onzième ou vingt et unième essai, j'ai fait pipi. Abel m'a dit « très bien » puis « Tiffauges est un grand garçon ». Je me concentrais et j'en profitais pour le dévisager. Il avait des moustaches, comme moi. Des yeux, comme moi. Il était seulement cent ou mille fois plus grand que moi. Je pris la fuite.

J'étais si petit que je pouvais me cacher partout, essayer de réfléchir à la situation. C'était chez lui? Ce serait chez moi! Il voulait le dernier mot? J'aurais le premier! J'étais le plus fort : il m'aimait. Et j'avais des griffes comme des épingles. Alors? Le jeu durera plusieurs jours. L'appartement était immense. Il m'appelait « Tiffauges? » « Tiffauges! » Il me cherchait partout. Je le voyais, à quatre pattes, regardant sous les meubles, sous les radiateurs, sous le réfrigérateur, sous son lit, c'était touchant : je le tenais, il m'appelait. Il y avait de la moquette bleue dans tout l'appartement, un bleu sombre, comme un ciel renversé.

J'allais posément faire pipi et le reste dans le bac rectangulaire. Je découvris la joie de gratter le sable et même de signaler mon passage en faisant tomber du sable à côté. Je me faisais un point d'honneur à ne jamais rien laisser à manger dans l'assiette. J'appris à boire de l'eau et surtout à reconnaître le bruit de la porte quand il sortait. J'étais libre. C'était chez moi. Plus chez lui. Parole de chat. Quand il m'attrapait, c'était pour m'embrasser, un peu trop fort, et me flanquer dans son pull-over. Je lui griffais le ventre. Ou parfois, pour lui faire plaisir, je m'endormais. Pas trop longtemps.

Une dame venait chaque matin. La première fois qu'elle me vit, Abel venait de me dénicher derrière le radiateur de son bureau, elle dit « ce qu'il est moche! » et je compris, à sa bouche, que ce n'était pas un mot très aimable. Elle marchait cahin-caha et me gratifiait de gouzis-gouzis inutiles. Elle posait le courrier sur le bureau d'Abel. Je la suivais jusqu'à la cuisine où elle me donnait à manger, nettoyait mon bac à sable et changeait l'eau de mon auge. Elle soupirait en se baissant. Elle sentait fort, comme quand Mounette ne s'était pas encore léchée. Elle faisait marcher une énorme bête qui rugissait. Elle poussait le monstre, par la queue, un peu partout et elle repartait. J'appris à me lécher en attendant qu'Abel sorte de sa chambre. Le monstre-aspirateur me faisait peur. Je détalais. Je suis même entré dans une porte vitrée, il n'y avait que ça dans l'entrée, une double, donnant sur le couloir qui conduisait à la salle de bain et à la chambre d'Abel, fermée la nuit, une autre double qui donnait sur le salon, apparat grand jeu, pas le genre d'Abel, mais il y aura des fêtes, et des foules de pieds, talons plats et talons à aiguilles, et une simple pour la salle à manger, toutes avec des vitres jusqu'au sol. Boum! A moitié K.O. Et recavalcade pour si possible, enfin, aller lécher tranquillement, dans un recoin, mon poil, les vitamines, le complément indispensable de mes repas. C'est à croire que Cahin-caha me traquait, elle et son monstre-aspirateur. Puis elle partait. Le calme revenait. Et Abel, nu, se frottant les yeux, sortait de sa chambre. Il n'avait pas de poil partout, comme moi. Ce n'était pas un vrai chat.

Un sentiment n'a à être ni bon ni mauvais, il est ou il n'est pas, il existe ou il n'existe pas. J'eus pour Abel, dès le premier instant de l'ouverture du carton, l'ogre était déjà reparti pour son rendez-vous de dix heures moins le quart, un sentiment entier, farouche, déterminé. Un sentiment brut de coffrage. Même si je donne dans la morale. Je l'aimais. Il m'aimait. Il ne saurait jamais rien de moi.

Abel ne me parlait pas le gouzi-gouzi, miam-miam et autres niaiseries. Il me parlait comme à un bipède, être humain, le même langage. Souvent il ne s'adressait qu'à lui-même mais il avait besoin de moi, comme témoin. Quand il répondait au téléphone, j'appris à sortir tout seul de son pull-over et à passer de ses cuisses, sans le griffer, sur le bureau où, entre le dictionnaire et Valentine, je me léchais une patte avant, puis l'autre, alors il me caressait et je me suis dit qu'il avait aussi besoin de moi pour répondre. S'il tardait à me caresser je me léchais une patte arrière, puis l'autre ou cet endroit qui doit être toujours propre et que nous avons le privilège de pouvoir nettoyer nous-mêmes par souplesse et sans aucun dégoût. Les bipèdes ont une bien anxieuse et coupable idée du sale et de la saleté. Ils s'enferment à double tour. Abel, souvent, me brandissait dans la paume de sa main gauche, bras tendu. Vu d'en haut, d'encore plus haut que lui, tout devenait vertigineux. J'étais partagé entre ma joie, sa joie, la frayeur de me sentir ainsi dans l'espace, et le désir de retrouver le sol, les plinthes, les tuyaux, mes caches, un peu de vie, de vie privée, « privée de quoi? » demandera-t-il à un aimé, un jour, qui ne trouvera pas de réponse. Abel me tripotait, me tarabustait, me tendait des pièges, se cachait pour me faire peur. Il avait le sens de l'embuscade. Pour un peu il aurait joué à la balle avec moi. C'était rude. Passionnant. Comme un combat. Plus il me parlait comme à un être humain, plus il était en ma possession. J'étais le maître des lieux. Nous étions deux.

J'ai essayé une seule fois de dormir avec lui : il bougeait trop, c'était insupportable. Qui gênait l'autre? Comment savoir? Je pris l'habitude de dormir dans l'entrée. Sous le radiateur. De là, posté, je pouvais le voir entrer et sortir, la nuit, aller à la salle de bain, aux toilettes ou encore se rendre à son bureau.

Et surtout être là, dès l'arrivée de Cahin-caha. Il y eut d'autres présentations. On me trouvait moche mais on ne le disait pas. Les regards parlaient et ne mentaient pas. Je n'en conçus que plus d'affection et d'estime pour Cahin-caha qui, elle, au moins, avait osé le dire. Et pour Abel qui me dévorait du regard.

Si les mots, ici, pour dire ma vie, sont les mots d'Abel, ce sont aussi les miens, secrets, contenus, apprivoisés, enfin délivrés. Le texte, c'est du tissu. Les mots du silence donnent la trame. Même si Abel et moi n'avions pas exactement les mêmes mots pour nous dire, les regards suffisaient, les silences. Nous nous adorions.

TROIS

SUGGÉRER, au lieu d'expliciter. Par tant d'amour, Abel aurait pu me perdre. Il n'y a peut-être pas d'événement inutile. J'oublie certainement l'essentiel. La mémoire tranche, au vif du sujet. Les bons moments, on sait qu'on les a vécus après. Même après c'est toujours trop tôt. Je suis mort mais rien ne m'oblige à le croire si je suis encore en mémoire. J'ai grandi très vite. En quelques semaines, je ne pouvais déjà plus me cacher sous les tuyaux du couloir de la cuisine ou me nicher derrière le lave-vaisselle. J'appris les galipettes, les roulés-boulés. Abel me faisait faire d'étonnants loopings. Surtout, j'appris à grimper avec mes griffes d'abord, puis de moins en moins, presque en un bond, sur le fauteuil de son bureau. J'aimais qu'il me fasse prisonnier de son pull, j'y faisais de petites siestes et de grands rêves de nuits noires peuplées d'amis, d'ennemis, toute une faune, mon empire secret. J'en avais des choses à découvrir. Surtout, de son bureau, ni vu ni connu, l'air innocent, alors qu'il tapait sur Valentine, mais avec elle, pas de loopings, une chose inerte, c'est tout, je faisais l'inventaire d'étranges objets qui se trouvaient sur la cheminée, masques, poteries, auxquels il attachait de l'importance et qu'il avait fixés, papier collant double-face, sur le marbre, pour que Cahin-caha puisse sans crainte passer son terrible plumeau, pauvres oiseaux. Je faisais des inventaires.

Pour l'avenir. Un jour, je sauterais sur toutes les cheminées, j'irais me balader entre les masques de guerriers mayas, les bronzes de danseuses et les terres cuites égyptiennes, « tardives » disaient les grincheux chics qu'on ne voyait jamais deux fois. Il y avait des plantes vertes. Peu de meubles. Des murs blancs. D'immenses tableaux confus, dans lesquels j'apprendrai à lire les rêves de l'empire d'Abel. Et même un arbre, dans son bureau. La terre noire des bacs m'attirait déjà, irrésistiblement. Je la humais de loin. Les branches de l'arbre, quelle tentation! En l'absence d'Abel, quand le téléphone sonnait, je ne répondais pas. C'était *lui-et-moi* ou rien. A quatre pattes à côté de moi, Abel me montra comment faire les griffes dans la moquette. Il n'y avait pas de rideaux. Rien que des portes-fenêtres et un balcon tout le long, en façade. Il y avait un fleuve. Un pont. Une île en face. Et des bateaux dits Mouche, qui, la nuit, illuminaient l'appartement en passant, caresse lumineuse. L'appartement voguait. Les joujoux ne m'intéressaient pas, les boules de laine, les balles de tennis, un os en plastique, une souris mécanique, des cadeaux de Cahin-caha ou de visiteuses et visiteurs. Entre Abel et moi ç'avait été tout de suite une autre affaire. Une histoire. Il me parlait tout clair, tout net. Il avait besoin de quelqu'un à qui parler. Je voudrais, ici, pouvoir suggérer au lieu d'expliciter. Par tant d'amour, Abel aurait pu me perdre. Il n'y a peut-être pas d'événement inutile. J'ai cru, je l'avoue aujourd'hui, que j'allais devenir aussi grand que lui. Je me disais qu'il allait lui pousser du poil, partout, et que peut-être, un jour, nous serions jumeaux. Je n'écris pas par altitude mais par solitude, au fusain, touche par touche, impressions, l'impressionnante vérité de deux, un projet de fresque qui s'arrêtera au trait : du célibat dans le couple, nous formions un couple de célibataires. Dans une famille plus large, un chat n'aurait plus qu'à se cacher et à se donner au plus offrant, de temps en temps.

J'avais des dents comme des épingles. J'appris à mordre. Et certain de croire que je me défendais quand je ne faisais que toiser, mesurer, demander. Combien de fois ai-je entendu dire « mais tu lui fais mal ». Les gens, j'écris bien les gens, c'est péjoratif, ne pouvaient pas comprendre qu'Abel et moi n'en finirions jamais de nous élever à la dure. Tout sauf une ménagerie. C'était notre langage. Un combat pas si déloyal que ça. Il avait pour lui sa taille. J'avais pour moi la mienne. Je pouvais me faufiler. Pas lui. Si je faisais des bêtises, c'était pour la demande de considération. Il m'est arrivé de le mordre au sang. Alors il me pinçait la nuque et me tendait loin de lui, bras droit tendu et moi, pendant, pattes arrière repliées sur mon ventre, maîtrisé. Il me parlait encore plus fort. C'est tout ce que je voulais.

Les chambres donnaient sur cour. La chambre d'Abel, au bout du couloir, près de la salle de bain et du bureau, enfilade de placards dans lesquels je compris vite qu'on ne devait pas m'enfermer, et la chambre d'amis, avec ses lits jumeaux, « des lits de Vétheuil » disait Abel avec un brin d'heureux souvenir comme s'il s'était agi d'une maison où il avait fait ses premières griffes, chambre d'amis à double-porte pleine, toujours fermée, donnant directement dans l'entrée, mon lieu de repos et de stratégies. Très vite, Abel prit l'habitude de laisser ouverte la porte de cette chambre. Le lit de gauche, à hauteur d'oreiller, c'était bon, douillet, je m'y faisais un nid, comme dans le ventre de Mounette, devint mon lit. Ma couche. Mon lieu. Ma Moune. De là, porte ouverte, je pouvais guetter les allées et les venues, toujours prompt au moindre bruit de clef dans la serrure comme dans ma tête, toujours prêt à montrer le chemin de la cuisine.

Dans le salon, il y avait trois canapés, sans aucun style, très bas, carrés de mousse recouverts de toile couleur tête-de-nègre, peu chaleureuse et dont je n'aimais guère le contact, du synthétique, rien à voir avec le poil ou la laine. Les trois canapés encadraient la cheminée. Au milieu du carré une table basse, noire, en métal peint, encombrée de revues, d'objets multicolores, de grands cendriers blancs et un vase, avec de jolis bouquets de fleurs, anémones, tulipes. L'eau des fleurs devint ma boisson préférée. Sous la table, je me réfugiais lors du passage du monstre-aspirateur, Cahin-caha passait toujours à côté, très vite, jamais en dessous. Sous la table, c'était aussi mon garage quand Abel se fâchait au téléphone ou pestait contre moi, pour un petit rien fait à dessein afin de me rappeler à son bon souvenir. Des canapés, Abel avait dit devant moi « je m'en fous, ils ne valent rien, qu'il fasse ce qu'il veut ». Il, c'était moi. Les visiteurs, peu de visiteuses, surtout des visiteurs, Abel était donc du genre chat qui n'aime que les chats, se souciaient toujours des dégâts que j'allais faire. Ils disaient à Abel « toi qui es si méticuleux, tu ne le supporteras pas » ou « tu verras les catastrophes ». Abel me souriait et murmurait « mais non ». J'avais donc le droit de détruire les canapés. De les lacérer. Je les fuyais. Je ne m'y fis jamais les griffes : c'était autorisé. Si, j'ai gratté un petit bout, pour voir la mousse, en dessous. Jaune. Simple curiosité. Au début. J'aurais tant voulu savoir comment c'était sous le ciel renversé de la moquette. J'imaginais des oiseaux par milliers, en perdition, proies faciles, mon espace. J'imaginais. J'imagine.

Abel me plaçait sur son bureau, devant lui. Bien en face. Je ne bougeais pas. Il n'avait pas à me retenir. J'avais enfin la place de Valentine, c'était important et quel plaisir! Abel me fixait droit dans les yeux comme s'il avait voulu m'endormir. Il fermait les yeux, je fermais les yeux. Je les rouvrais. Il avait déjà rouvert les siens, l'air guilleret, comme s'il avait réussi un exploit. J'étais tout regard, privilège de chat, et il semblait, dans ces moments-là d'intimité, oublier que j'y voyais aussi bien la nuit et que, même paupières baissées, il me suffisait de tendre un peu l'oreille pour le voir se réjouir de ce qui aurait pu être un tour et ne l'était pas. Il entreprit, comprenant que je n'étais pas chat à me faire subjuguer de la sorte, de m'enseigner à cligner de l'œil. Un seul œil? C'était très difficile, je fermais les deux yeux. Il m'expliqua que ç'avait été très difficile pour lui aussi, petit, au début. La leçon se terminait toujours par une bise plutôt vive, un baiser à lui du genre rustre. J'aimais. Alors, seul, la nuit, je m'entraînais, sur le lit de la chambre d'amis. Couché, j'y arrivais. Mais debout, pas. Pourtant, au bout de deux semaines, il me fit un clin d'œil et je lui répondis par un clin d'œil. Ce fut et ce sera notre secret. Je n'étais pas un animal de cirque. C'était plus que jamais *lui-et-moi* ou rien.

QUATRE

C'ÉTAIT un fourre-tout en plastique, rectangulaire, format de boîtes aux lettres d'Amérique du Nord, de celles que l'on voit dans les westerns, au bout des chemins désolés, avec une maison perdue en haut d'une colline, j'ai vu un western à la télévision la seule fois qu'Abel alluma cet objet qu'on lui avait offert et qu'il n'aimait pas. Moi non plus. Pan, pan! J'y ai vu des chevaux au galop et je m'étais dit que j'aurais pu, aussi, être un cheval, ou un lion, car le film commençait par un lion. Ou encore un buffle, bufflon ou buffletin entre le bœuf et le taureau : j'ai toujours eu plein d'animaux dans la tête. Rétrospectivement, et les mémoires se carambolent et reconstituent, ce sac avait cette forme-là, longue, comme un tuyau, une fermeture à glissière en haut et une extrémité en plastique transparent pour que je voie ce qui se passait à l'extérieur, le monde, incompréhensible, affolant, et pour qu'Abel puisse me voir à l'intérieur. J'allais faire, très vite, l'expérience peu plaisante du sac et d'un voyage. C'était en principe plus agréable que le carton, plus à ma taille également. Mais il y régnait une chaleur insupportable et bientôt, à cause de la buée, je ne vis plus Abel et vice versa. Tout ce qu'il faut pour s'aimer plus encore au moment de la libération et des retrouvailles. Le sentiment est farouche, incorruptible. Il ne transige pas. Un adjectif le tue.

Il y eut un premier transport en plusieurs temps, très compliqué. La mise dans le sac. La descente de l'escalier, deux étages. Les adieux à Cahin-caha, sur le pas de sa loge. Puis le taxi. Les chauffeurs, problème, ceux qui veulent bien de moi dans la voiture et ceux qui ne m'acceptent que dans le coffre. Dans le second cas, Abel dit, la voix aigre-douce « mais non, ça ne fait rien, c'est pour un petit parcours ». Puis la gare. La foule. Le train. Et de la buée pendant des heures et des heures. Au fond du sac, un tee-shirt d'Abel, que je préfère appeler gilet de peau, de préférence sale, pour l'odeur, la présence, la compagnie, l'affection renifle, et qui m'interdira de m'oublier dans un coin. Dans le sac, inutile de miauler, je m'endormirai, bercé par je ne sais quel cliquetis comme si nous nous étions trouvés dans une immense Valentine, frappant inlassablement le même texte. Lors du premier transport, la fermeture à glissière s'ouvrit deux ou trois fois. Abel plongeait une main et me caressait. Abel comprit vite qu'il valait mieux me laisser dormir et rêver de représailles : on ne met pas un sentiment dans un sac. Puis de nouveau une gare. Un vent vif par les trous du sac, l'éveil. De la marche, et moi cahoté toujours dedans, prisonnier. Un garage. Une voiture. Encore un trajet et Abel, au volant, me répétant « nous arrivons, Tiffauges, nous arrivons » comme si je devais me retenir. Quand nous sommes arrivés dans l'autre maison, la première fois, plus de buée, il faisait froid, avant de me libérer je pus, de derrière ma lucarne, observer Abel ouvrant un autre sac, sa valise, et en extraire un bac à sable, un sac de sable, une auge pour l'eau, une autre pour le repas, et quelques-unes de mes boîtes préférées. Il mit tout en place et seulement, alors, m'extirpa du sac, tout moite. Je sortais d'un hammam. Et au dernier moment, d'émotion ou de peur, Abel ne savait même pas faire la différence, il lui arrivait de dire « il y a ceux qui s'impliquent et ceux qui s'appliquent », j'avais « fait ». Pas de reproche. Une bise. Pipi dans le bac. Le repas. A moi cette maison. L'autre. Et une découverte, les escaliers.

J'appris l'effort de chaque marche et, de marche en marche, l'épreuve de l'escalier. Pour monter, traction des pattes avant puis rétablissement avec la patte arrière droite, d'abord, chaque marche étant à peu près deux fois plus haute que moi. A l'aller, pour grimper, tout allait bien, mais au retour, il me fallait plonger de chaque marche et souvent vaciller, glisser sur le menton, trébucher et rouler d'une marche à l'autre. J'avais les pattes arrière trop puissantes et les pattes avant bien trop délicates. Pas de moquette. Du carrelage. Et des rebords de bois ardemment cirés par Citronnelle, une autre Cahin-caha que nous découvrirons plus loin. Je commençais à regretter les grands couloirs plans de la maison première. Il fallait monter, descendre, continuellement. Il n'y avait que ça dans cette maison : un escalier, colonne vertébrale, la pièce à vivre, un bureau à mi-niveau, une chambre au-dessus de la pièce à vivre et une soupente au-dessus de la chambre et de la salle de bain, le tout comme un grand sac, un immense carton, une « geôle », mot qu'Abel emploiera souvent en parlant de cette autre maison, et pas de portes communicantes. Rien que la porte d'entrée. Abel avait peur que je m'échappe. Des courants d'air partout, des courants d'air plein les pattes. C'était une maison à ma taille, mais qui dira la solitude du chat au fond du sac au moment du transport? La peur du chat dans la maison qu'il ne connaît pas? Indicible. Inénarrable. Les mots, ici, me font défaut. Donc j'écris.

J'aurais voulu rester dans le ventre de ma mère. Dans la maison du Sud, il y avait vraiment trop de courants d'air. Et, rude expérience, les escalades. Sitôt arrivé au premier étage, Abel redescendait. J'appris à ne plus systématiquement le suivre, et à l'attendre en bas, dans la toute petite pièce à vivre, sur les galettes de coton blanc des quatre chaises, placées autour de la table ronde, près de l'évier ou dans un coin du minuscule canapé à deux places, face à la cheminée dans laquelle de grands feux de bois crépitaient puis rougeoyaient, feux de braises. Là, je me léchais les pattes, sol froid, table de marbre, évier glacial, et me suçais le poil du ventre, Mounette me manquait, j'attendais qu'Abel me reprenne dans un de ses pull-overs. Il en avait de toutes les couleurs, doux ou rugueux. J'aimais le rouge. Il aimait le bleu. C'était l'hiver. Les fêtes de fin d'année. Il écrivait. Seul. Avec moi. Je me mis à faire des rêves de forêts tropicales. Nous étions libres, ça devenait très vite inextricable. Il sera, ici, question de mes rêves et manqueront à la relation de mes songes la beauté indéfinissable de mes forêts, la nature non répertoriée de mes flores et de mes faunes. J'aimais les colères d'Abel. Le monde n'était-il qu'une immense gare avec les foules, celle du départ, celle de l'arrivée, et toujours des gens pour accompagner ou attendre? Le monde entier le mettait en fréquentes colères. Les caresses, après, étaient encore plus douces et complices. Nous ne saurions jamais rien, ou si peu, l'un de l'autre. Cela nous rapprochait. Quand Abel m'embrassait sur le museau, me posait là une petite bise, j'éternuais. Il riait. J'appris à rire. Mes moustaches poussaient. Je ne pouvais rire qu'avec les lèvres, retroussées du côté gauche, en tendant la patte avant droite. Il n'y avait que le galop ou des galipettes pour dire mon rire aux éclats.

Abel n'avait pas la même voix au téléphone. Il rêvait. Mes yeux se ferment, comme éblouis, d'avoir contemplé tant d'images. Il rêvait d'un monde plus courtois, partagé, attentif, moins sournois. La plus infime hypocrisie le froissait, toujours égaré, insatisfait. Et moi, présent, là, fidèle forcément, détenant de ventre, de naissance et de père inconnus, le secret et la loi d'une jungle, mon empire, les forêts de ma tête. D'où mon insatiable appétit. Citronnelle me trouva « mignon », parla elle aussi de « dégâts ». Elle avait de l'allure et des talons hauts. Elle venait chez Abel, en visite, toujours quand il était là, pour l'agacer, fredonner, monter, descendre, se signaler, faire toutes sortes de petits bruits. Abel disait « des minauderies ». En principe, Citronnelle aurait dû me plaire. Mais du haut de ses talons hauts, elle donnait le vertige. J'adorais griffer son corsage et le reste, en dessous, avec armature. Elle renonça à me prendre dans ses bras et me caressa de loin. Tant mieux. Les baisers fougueux, rien pour moi. Le parfum qu'elle portait s'incrustait dans mon poil. C'était une Cahin-caha juchée, curieuse, amoureuse avec des éclats et des chagrins de petite fiancée, une amie, une vraie, qui venait en voisine, trop câline. Dans son regard, elle disait, sans le dire, qu'elle me trouvait ridicule, noir et blanc, tellement matou, avec mon bout de nez tellement rose, et mes pattounes tellement roses, mon côté voyou, grande banlieue, gouape. Pour la convaincre de ma beauté, Abel me tendit vers elle en me tenant les pattes avant et lui montrant mon ventre « regardez, il est même en smoking! »

CINQ

CITRONNELLE haussa les épaules, « quelle idée, vraiment, ce chat ». Elle ne m'aimait pas. J'étais le rival. Tant mieux. La voisine d'en face, et la rue était étroite, nous rendit visite pour le « joyeux Noël ». Abel me présenta « c'est Tiffauges, le nouveau maître de maison ». La voisine, un peu coquette, une du pays, Citronnelle, elle, venait du Nord et chantait *Etoile des neiges,* dit avec un accent, drôle de miaou « comment? Petit fauve? » Elle avait compris petit fauve. C'était fait pour me plaire. Le matin, pendant qu'Abel prenait son petit déjeuner, l'air maussade et tarabusté par la nuit, il me servait en premier, je me rendais dans sa chambre et, dans son lit défait, toilette puis, très vite, couché en rond, je cherchais dans l'odeur ou le parfum des draps, leur douce tiédeur encore, le secret des rêves du maître. Les rêves restent attachés aux draps, ils sont le drap du drap, dans la fibre, ils sont tissés. On peut capter. On peut alors deviner l'errance des rêves d'un autre. Les inquiétudes ou les élans sensuels, anarchie et ravissement des conquêtes imaginées. J'ai souvent vu Abel, dans tel ou tel coin de canapé où je venais de me tenir endormi, pattounes et griffes repliées, placer une main, à plat, à l'endroit même de mon sommeil, comme s'il avait voulu savoir, lui aussi, également, belle égalité d'humeur, un peu de moi et de mes songes. L'histoire de Tiffauges n'est pas suave. En temps voulu, je passerai au présent de l'indicatif, plus rude, dur et dru, plus actif, donc plus à notre image. Abel n'avait qu'un seul projet et fort mauvaise réputation. Une seule issue à ses rêves : être ce qu'il était. Notre couple fut tout de suite mal perçu, ou vu, ou considéré. Les fourbes ne témoignent jamais dans l'intimité. Il leur faut un prétoire et de la publicité. Peu importe. Je ne suis pas sans penser que je fus le ravisseur d'Abel et que je l'ai tenu en otage pendant près de onze ans. Nous avions un projet en commun, de l'orgueil, si peu de vanité : être ce que l'on est. J'ai partagé sa vie. Rien de délicat à cela. On fait une bien douce réputation aux chats. Surtout lorsqu'ils écrivent.

Où il sera question de la possibilité d'un amour impossible, l'un subissant l'autre et inversement, chacun rêvant toujours de mieux, ce serait donc ça être deux. Où il sera question des territoires de chacun et du territoire commun, chacun agissant comme s'il en était le maître. Où il sera question de moi autant que de lui, comme si chacun pouvait se dire sans dire l'autre, compagne ou compagnon, par la force des faits ou du discours dit amoureux, les chats étant amoureux de nature et les humains, bipèdes, parfois à l'excès. Où il sera question d'un malaimé-malaimant bien ordinaire et d'un chat un peu voyou, qui ne savait plus très bien de quelle grande banlieue il venait, et qui l'apprendrait, petit à petit, plus tard, comme si on faisait ses premiers pas au moment même des premiers pas, la belle illusion, on est toujours en train de les faire quand on « est ». Où il sera question d'être deux, un exploit, un défi, l'un n'y voyant que le jour et l'autre mieux la nuit que le jour. Abel travaillait la nuit. J'étais son assistant. Où il sera question de tout ce qui faisait de moi, moi; et de lui, lui. Où d'autres humains, bipèdes, passeront en cortège, mais ce ne sera jamais la même histoire, il y avait donc quelque chose de plus, entre nous, un lien qui ne tenait ni de ses rêves ni des miens. Où il sera question de la cruauté quand elle ne se nomme pas et de l'affection quand elle se dit trop, annonce et calcule. Pour les repas, j'aimais les boîtes rouges, pas celles au poisson, c'était de la baleine. Où il sera question des peines singulières qui ressemblent vivement à des joies. Les boîtes rouges, c'était du singe, l'ancêtre d'Abel? Celui, le premier, qui s'était mis debout pour voir, plus loin, l'ennemi? Mais l'ennemi est partout. En bas comme en haut. Où il sera question des joies souveraines qui ressemblent brusquement à des peines. Dans la maison du Sud, Abel écrivait. Tiffauges l'observait. Tiffauges c'est moi. C'est je.

Où il sera question d'un chaton qui est trop vite devenu un chat et d'un enfant qui n'a jamais pu devenir un homme. C'était l'enfant qui me caressait. Il me choyait pour se choyer. Aucun des deux n'était dupe. Où il sera question de la duperie qui gouverne le monde et des regards qui disent ce que les mots taisent parfois. Où il sera question de tout et de rien, surtout de rien, dans un monde où, en principe, tout est dit et su à l'extrême. Abel, aussi, voulait tout dire. Je me trouve, aujourd'hui, comme lui à ne pas pouvoir capter l'essentiel, la page ne serait qu'un lieu de diversion, d'égarement ou de simple distraction.

Où il serait question d'une impossible mission, rendue possible par le truchement et le trébuchement des mots. Ce qui trébuche, ment. Tout ce qui truche, ment. J'invente le verbe *trucher* à dessein : on n'a jamais fait du vrai avec du vrai. Où il serait question de la vérité, ce mensonge et cette pugnacité de tous les instants. Où il serait question d'un chat et de son maître tout autant que de la maîtrise de ce chat sur ce maître. Abel fumait cigarette sur cigarette. Je ne le supportais pas. Il le savait. De la fumée en plein minois et je décampais. Je me suis habitué. Il aurait tant voulu devenir ce qu'il était : quelqu'un. Non pas quelqu'un de bien ou de mal, simplement quelqu'un pour quelqu'un d'autre.

Où il sera question, je reviens au futur et laisse au conditionnel son élégance de chat de race avec pedigree certifié, de mon incapacité à l'aider à se rencontrer, rencontrer et se mieux connaître. Où il sera question de mes guets, la nuit, à Paris, le bruit de l'ascenseur, les allées et venues d'Abel avec des mounons comme lui car il n'aimait pas les mounettes, et la nuit, tout autour de la maison du Sud, quand un chien se mettait à aboyer dans une ferme de la plaine et donnait ce signal aux autres, de beaux vacarmes lointains et sonores me donnaient la mesure du paysage que j'imaginais. Le métro passait sous l'immeuble, à Paris. Je l'entendais, tôt, le matin. Un bruit sourd et rugissant. Je me figurais un chat grondant, prisonnier d'un tuyau. Le chant du coq, le matin, dans la maison du Sud, lui aussi répété de ferme en ferme, appelait. J'aimais l'air des courants d'air de cette maison même s'il me faisait froid aux pattounes et provoquait des éternuements qui inquiétaient Abel. C'était l'air vif d'un désert que je préférais à celui des villes. Je ne voudrais pas, ici, m'épancher. Abel avait peur, aussi, de trop parler. C'était plus fort que lui. Il se disait trop, tout de suite, à toutes et surtout à tous. Il parlait au fouetté, jusqu'au vertige. Je me taisais d'autant plus qu'il se perdait en paroles et aveux qui se retournaient contre lui. Au bureau, il me relisait toujours à voix haute ce qu'il venait d'écrire. Il aimait la redondance et les caresses. Il aimait que ça chante. Il me grattait délicieusement le ventre.

Où il sera question de ma captivité entre les murs de Paris et entre ceux de la maison du Sud, mais c'était une liberté, pension complète, service compris. Où il sera question de son cœur captif et de son incapacité à supporter telle ou telle tombée en amour ou tel attachement, ma sécurité. J'ai peut-être veillé, également, à ce qu'il m'appartienne. Pour garder, les chiens sont méchants. Ils sont à l'image de leurs maîtres. Pour garder, les chats peuvent être subtilement aimables. Leurs maîtres sont alors leurs reflets. Il n'y a pourtant pas de règle. Les chats ne sont pas ceci et les chiens cela. Mon avis, ainsi, distingue. Je ne me battrais pas avec un chat qui dirait le contraire. La maison du Sud donnait directement dans la rue, à l'endroit de l'unique rue du village le plus étranglé. Où il serait question d'écrire. Ecrire est ordinaire. C'est simplement une question de temps, de regard et d'écoute. Ecrire en faisant la fine bouche, c'est mentir et se refuser un désir. Sur la porte de la maison du Sud, Abel avait fixé une petite plaque en cuivre, au vu des passants et des visiteurs, sur laquelle il avait fait graver l'inscription *attention, chat fugueur.* Cela me fit une belle réputation. Sitôt chaton, si vite chat. Abel avait mystère de mes rêves tout comme j'aurais bien voulu connaître les siens. Je ne voulais pas fuir mais sortir et saluer le monde pour lui. Toujours si maussade au retour, heureux de me revoir et de me parler. Il ne parlait pas qu'à lui-même puisqu'il me regardait, m'interrogeait et me livrait toutes sortes d'aveux et de sentiments de rejet. Il me disait « j'ai encore trop parlé ce soir, Tiffauges, j'ai la bouche pleine de cendres ». Où il sera question de son indépendance et de la mienne, de ma dépendance et de la sienne. A chacun de ses retours, qui caressait l'autre?

Dans la maison du Sud, je pouvais l'observer dormir. Mais quels rêves secouaient son sommeil? Il venait de ses rêves, je venais des miens, nous ne formions qu'un. Un corps. Un être. Je n'ai pas dit un couple. Abel détestait ce qu'on lui faisait dire, le « faire-dire ». Il appelait ça le « fascisme ordinaire ». J'aurais peut-être dû écrire avant, de mon vivant, lui crier gare, casse-cou, car tout va se terminer très mal, l'ordinaire fin. Où il sera question de mes mounettes, car j'en eus deux, Tiffany et Tityre. On verra. Une vie de chat. Où il sera question de la véritable sagesse de la vie, une médiocrité déguisée. Où l'on se sentira très jeune et très vieux à la fois. Il y avait en moi une rumeur des bas-fonds, une mounette chasseresse et un lion souverain. Où l'on verra deux êtres à nu devant les prises du sort, la cruauté naturelle et la haine qui rôde guettant partout ses proies. Où l'on ne verra rien si on se veut aveugle, barricadé, bonheurs factices, calculés, raisonnés ou sots. Le résultat est le même. Où l'on verra encore un peu si l'on sait attendre.

Il y eut Noël, il y eut le jour de l'an. La voisine d'en face surnommera Tiffany « petite Fanny », avec l'accent du Midi. Le petit fauve aura donc pour première épouse une petite Fanny. Mais je brûle les étapes, c'est pour plus tard, plus loin. Un trait invariable cependant : Abel attendait trop pour attendre encore. Je venais de la nuit des temps, avec tant de mémoires. Abel écrivait des pages qui ne lui plaisaient pas. La lecture à voix haute est impitoyable. En trois semaines je fus presque plus rapide qu'Abel dans l'escalier. Il y eut peu de visites, de belles flambées dans la cheminée. Le parfum de Citronnelle était insupportable. Je voulais revenir à Paris. Abel disait « je rentre à Paris comme j'irais au bordel ». L'appel des mounons?

SIX

C'ÉTAIT janvier. Après les fêtes. Abel disait au téléphone « non, je les ai évitées » ou « non, je les ai passées seul, avec Tiffauges ». C'est ainsi que je compris jeune, trop jeune, qu'on pouvait être seul avec un autre ou, pis, avec les autres. Cruel enseignement. Bravo à celles et à ceux qui ne l'ont jamais compris ou qui ont, leur vie durant, scrupuleusement veillé à ne jamais l'admettre. J'eus, au retour, de l'amour pour Cahin-caha parce qu'elle sentait mauvais sous les bras, une odeur vraie. Comme le ventre de Mounette, l'odeur du labeur. J'avais acquis de la vigueur. Je pouvais désormais sauter du ciel bleu sombre de la moquette sur les canapés et sur les chaises, d'un seul bond. Et du fauteuil au bureau, en l'absence d'Abel, posté à côté de Valentine et de la page en cours, enroulée, texte momentanément abandonné ou page vierge sur laquelle je m'imaginais en train d'écrire ma propre vie. Plusieurs fois, j'ai essayé de taper sur le clavier. Je n'avais pas la dextérité, des pattounes et pas de doigts. Bientôt, je pourrais sauter sur les cheminées, aller voir de plus près tant d'étranges objets, me hasarder sur le rebord de la baignoire au risque de tomber. J'avais déjà fait l'expérience du bidet, une goutte d'eau sur le museau, éternuement. Et quand, la nuit, c'était un chasseur comme moi, Abel rentrait avec un mounon, il m'enfermait dans l'entrée. Par les portes vitrées, je voyais car tout se passait entre le salon et la salle à manger, par terre, sur une couverture, comme une aire de jeux. Après tout, Abel était libre de se tromper de partenaire et tant qu'il ne revenait pas avec un autre chat, je n'avais pas à m'inquiéter. A la réflexion la réserve dont il faisait preuve, à ce sujet, me plaît beaucoup. Il ignorait certaines impudeurs, était fortement animal, une force. Mais pourquoi jouait-il avec des pareils, se cognait-il ainsi à l'identique, étranges et multiples chevauchements? Ils ne se léchaient que peu. C'est drôle comme nous sommes restés gênés l'un de l'autre, tout un temps de notre vie. J'appris cela très vite. Ce fut considérable. C'était de l'usage, la vertu même allant toujours avec la médisance et l'hypocrisie à ses côtés. Etait-ce cela le genre humain? Avoir bon genre? Admettre les trois à la fois, de front, faire avec?

Le jeu reprenait. D'une seule main il me brandissait encore, tout droit, tout en haut, au-dessus de sa tête. Je ne griffais plus. Ça me plaisait. Je devenais l'oiseau, le rapace, je guettais ma proie et prenais la mesure de plus en plus exacte du territoire que je ne finirais jamais de conquérir et d'explorer. Abel ne m'a jamais grondé au point de la colère, ce point de non-retour quand on regrette et voudrait tout recommencer. Pour ma part, je me suis mis en colère mais en cachette, et seul. J'allais d'un bout à l'autre de l'appartement. Je suivais des parcours de plus en plus compliqués et ne m'arrêtais qu'à bout de souffle, le cœur d'un chat bat déjà si vite, pour dormir mieux encore et me livrer immédiatement, en boule, n'importe où, au lieu même de mon épuisement, aux rêves féroces et guerriers de l'empire d'où je venais. L'empire des chats est inconnu des chats eux-mêmes. Et l'empire des hommes? Qu'en savent-ils? D'où viennent-ils? Parfois, devant Abel, je faisais le cheval effarouché et des bonds latéraux, le poil hérissé, toujours en direction de la cuisine et du réfrigérateur. Si je me fâchais, c'était pour rire et lui également. Nous gardions nos mauvaises humeurs pour les autres. J'ai souvent griffé Citronnelle. Quand Cahin-caha passait le monstre-aspirateur, je l'attaquais à ses jambes, toujours de dos, toujours en traître, je griffais ses bas. Ça crissait.

Il y eut une livraison importante et imposante. La double-porte d'entrée fut ouverte ainsi que celle du salon. Abel m'avait enfermé dans le couloir de sa chambre. Trois hommes, donc, portèrent une vitrine de forme hexagonale, toute en vitres très épaisses, de celles qui ornaient le hall des grands palaces du début de ce siècle. J'entendis « c'est plus lourd qu'un piano », « en plus, ça se casse » et « on n'en fait plus des comme ça ». Là, j'ai cru qu'ils parlaient de moi. Quand Abel me délivra, je le vis mettre en place, dans la vitrine, entre les deux portes-fenêtres du salon, amoureusement, les objets rares qu'il avait collés sur le marbre des cheminées et me lancer un « tu vois ce que je suis obligé de faire à cause de toi? » La revanche serait terrible. Un reproche? Si peu. Comme une tendresse, le tout début d'un ressentiment. On rêve d'une vengeance qui se produirait d'elle-même, sans que l'on puisse être accusé de quoi que ce soit, stratagème, préméditation. Les chats ont pour eux l'innocence et le silence, une perfidie. Ils savent attendre.

Pour jouer, ou m'humilier, mais il y a toujours un perdant au jeu, Abel s'amusa à me placer, surtout devant témoins, sur la dernière plaque de la vitrine, celle qui avait été posée en dernier par les livreurs, toit de cet édifice de verre dans lequel se trouvait, étagère du milieu, une tête de mort en terre cuite rapportée du Guatemala, la plus haute sur socle. Du haut de la vitrine, les pattounes sur un sol transparent, vertige, j'attendais qu'Abel vienne me délivrer. J'entendais toutes sortes de « descends-le, il est malheureux » ou de « tu le martyrises, ce chat! » Abel répondait « mais non, il aime ça ». J'existais. De la jubilation de la peur. J'avais peur de la transparence, et de tous ces objets, en dessous. A cause de moi enfermés?

Vers le mois de mai, Abel partira en voyage pour une semaine. Devenu svelte et de taille adulte, je m'entraînerai, en son absence, entre les deux visites quotidiennes de Cahin-caha, à sauter du canapé sur la cheminée et de la cheminée sur la vitrine. Un vrai bond de léopard. L'entraînement sera rude. Je ferai d'abord quelques chutes vertigineuses le long des parois de verre. Mais je me devais de lui prouver que je pouvais le faire, tout seul et comme je ne connaissais pas la date de son retour, je n'avais pas de temps à perdre : je gagnerais. J'ai gagné. Il revint au milieu de la nuit, posa sa valise et son sac, me prit dans ses bras, m'embrassa, parut étonné de me voir lui échapper et me diriger non vers la cuisine mais en direction du salon, hop le canapé, hop la cheminée, hop le haut de la vitrine et patatras, la plaque glissa sous mes pattounes, et de plaque en plaque, tout se brisa. Et moi au milieu, en bas, dans les débris. Le socle de la tête de mort avait un peu amorti les chocs et sauvé quelques pièces. Tout le reste était en miettes et en éclats. Une catastrophe. J'avais voulu dire ma joie, prouver mes capacités. Abel ne se fâcha pas. Je le vis placidement s'approcher de la vitrine, l'ouvrir et me saisir pour me caresser et me calmer. Vérifier également, d'abord, si je n'étais pas blessé. Mais pas un mot plus haut que l'autre. Je crois qu'il s'est blessé l'index de la main gauche en retirant les morceaux de verre et en sauvant après, après moi, les quelques objets qui n'avaient pas volé en éclats. Cela dura des heures dans la nuit. Il mit des sacs dans des sacs en plastique, le tout dans des cartons, dont le carton de ma livraison, le tout très proprement, dans l'entrée. Après seulement, il défit sa valise et se coucha. Après, seulement, j'eus très peur. Et comme il avait laissé les portes ouvertes, je suis allé me coucher près de sa tête et je lui ai léché le bout du nez. Ça le chatouillait. Il a ri. Il s'est endormi.

Dans son regard, ce soir-là, il y avait des gratte-ciel et des ponts gigantesques. Je n'avais pas demandé à manger. Tout de même. Quelle chute, d'étagère en étagère, objets pulvérisés, jusqu'au fond de la vitrine. Seule la plaque du haut, plus épaisse, lac glacé, n'avait pas cédé, pattounes intactes. Abel, ouvrant la porte, m'avait dit « viens, Tiffauges. Laisse-toi faire. Ce n'est pas ta faute ». Ça voulait dire quoi « c'est à cause de toi » puis « ce n'est pas ta faute? » La cause et la faute? Je crois qu'il eut aussi peur que moi et n'en gagna que plus mon estime, cette confiance en pure perte.

Une vie de chat : tirer le meilleur parti possible de la vie et pas de sentiment inutile. Je sens, ici, à ces lignes, que je m'enferre. Chaque mot que j'écris aggrave mon tort, mon ridicule et mon attachement. Abel appartenait à la mauvaise espèce amoureuse : il ne riait pas quand un mounon se trouvait près de lui. Il ne riait plus si le mounon revenait. Avec moi, il riait. J'aurais tant voulu pouvoir jouer avec lui, d'égal à égal. Mais il y avait la taille et le poil, ses paroles et mes silences. J'ai ronronné, plus tard, plus vieux, trop tard. Ceux qui rient sont de la bonne sorte. Ils ont le cynisme et savent se distraire. Souvent je me suis couché pour pleurer. Mais a-t-on jamais vu un chat pleurer? Lui lécher le nez devint une habitude, cela le chatouillait. Il riait de bon cœur, comme j'aurais tant voulu le voir rire en amour. Et pas seulement tomber.

Nous n'avions pas les mêmes yeux mais nous avions le même regard. Chacun était placé sous la haute surveillance de l'autre. Abel était pressé, inquiet, toujours sur le qui-vive, prêt à je ne sais quel abordage, invariablement déçu, quotidiennement insatisfait et se définissait « comme une corde de violon près de craquer ». Ma vie dépendait de la sienne, il fallait qu'il tienne. Cahin-caha lui disait « je ne vois pas pourquoi vous voulez vivre avec quelqu'un. Il n'y a même pas la place, ici, pour une brosse à dents étrangère ». Combien de fois ai-je entendu dire d'Abel qu'il était « écorché vif » et qu'on ne pouvait « rien lui dire »? Il était méticuleux, maniaque, attentif au moindre détail. Il demandait trop aux autres, attendait tout d'eux, se livrait à l'excès et ne put, à ma connaissance, jamais se satisfaire de peu. Il rangeait, il classait, il jetait, il taillait ses crayons. Moi, en sphinx, toujours à portée de la main, en ordre également, j'attendais la caresse, la parole ou le regard. Ce fut une belle histoire. Et les belles histoires se terminent mal, la mort de l'un ou de l'autre. Ce sera moi.

Il était rentré avec un mounon. Ils s'étaient cette fois réfugiés dans la chambre. La porte de la salle à manger était restée ouverte. J'en ai profité pour me faufiler, le salon, le bureau, passer devant la salle de bain, entrer dans sa chambre et du lit, discrètement, j'ai sauté sur la cheminée. Il y avait là, sur le rebord, pour tout éclairage, une bougie, allumée. J'ai ce soir-là découvert le feu. La moitié gauche de ma moustache crama. Un vilain bruit. Pffft! Une sale odeur de brûlé. Abel a bondi du lit, m'a attrapé et jeté dans le couloir. C'est là, en cachette, que j'ai pleuré pour la première fois, tout chamboulé, la tête de travers, sur la gauche, je ne pouvais même plus marcher droit. Cela durera trois semaines. Je ne me montrais plus en public quand il y avait des visites. Cahin-caha trouva ça « rigolo ». Abel prit l'habitude de se lisser les moustaches. Pour que les miennes repoussent plus vite? Cahin-caha en avait aussi, un peu. Mais celles d'Abel, à quoi lui servaient-elles?

SEPT

FIN janvier. A la fenêtre. De préférence sur le banc, dans le bureau. La moustache repousse. J'ai presque retrouvé mon équilibre. J'observe les quais. Il y a là un virage et un pont. Dans le virage, un square, avec les pierres de la Bastille. De l'autre côté du pont, le bout de l'île Saint-Louis et des hôtels particuliers où se donneront certains soirs de belles fêtes, lustres, appliques et chandelles. Là, de jour, j'observe le ciel de Paris, toujours bourré de gros nuages de laine sale et la Seine, couleur de ciel, grise, impassible. De l'autre côté de la chaussée il y a le bâtiment désaffecté du *Secours aux noyés,* c'est marqué sur le fronton de la porte. Au début, le sens des mots n'arrivait pas jusqu'à moi. Très vite, je fis le rapport entre le dit et l'écrit et découvris que l'on pouvait écrire ce que l'on s'interdisait de dire.
Fin janvier. A la fenêtre. Un pigeon est venu se poser sur le balcon. J'ai bondi. Je me suis cogné à la vitre. Il m'a vu. Il n'est jamais revenu. Je l'ai attendu. Je l'attends encore. J'ai des oiseaux dans la tête. Des oiseaux par milliers. Des grands, des petits, ils sont de toutes les couleurs.
Fin janvier. Vu du banc du bureau, entre deux plantes vertes, toujours attentif, furtif, je ne me cognerai pas une seconde fois à la vitre, j'observe les voitures, les passants, les bateaux dits Mouche, et je me dis que je suis déjà allé à des bals, dans les hôtels particuliers

d'en face, en d'autres temps, en amoureux déçu, anxieux, conquérant ou bretteur, c'est selon, comme si j'avais vécu bien d'autres vies, debout sur mes pattes arrière. De retour au royaume des humains le règne animal me convient, on s'occupe de moi, je dépends de quelqu'un et ce quelqu'un dépendra de moi. Je préfère cette condition. Fin janvier, la nuit tombe vite. On oublie le ciel et le fleuve. Tout vibre intensément. Puis tout se calme. On entend de nouveau le métro, dans un sens puis dans l'autre, station *Sully-Morland.* Abel tarde à rentrer. Je m'inquiète. Je vais me coucher derrière la porte. Je sais qu'il est sur le retour avant même qu'il n'entre dans l'immeuble. Je le sens. Ça ne s'explique pas. Disons que j'ai de la moustache et du cœur. Les gens disent de moi « c'est un chat de gouttière! » Abel répond « non, c'est un chat de banlieue » et il ajoute « de très grande banlieue » ou encore « non, c'est un Européen ». L'orgueil perdra l'Europe.

Fin janvier. Des journées entières à la fenêtre. Le pigeon ne reviendra pas. Je le guette. Il est dans ma tête, captif, avec les autres. Je ne l'aime pas, il fait de vilains bruits à l'atterrissage et au décollage. Les petits pigeons, à la rigueur, c'est mon côté Tiffauges. Pourquoi rêver à ce que l'on possède en pensée? Fin janvier. Sur le banc du bureau, à la fenêtre, j'observe la ville, ce que j'en vois. Je pense. J'apprends à penser. Je prends la mesure du temps. Je ne savais pas qu'un jour j'écrirais ma vie. Ça va, ça vient, ça revient, au présent de l'indicatif, à l'imparfait qui porte bien son nom et qui pourtant, insatisfaction et pépie du texte, peut se conjuguer au présent. Sans oublier le passé simple pas si simple que ça et ainsi de suite, la suite. Le début et la fin. Un début et une fin. Ce besoin de chronologie pour satisfaire je ne sais trop quel besoin d'aller vite, au plus clair et au plus vif, Abel en a assez souffert. C'était toujours un autre roman qu'il écrivait, inattendu, et jamais le roman qu'il projetait d'écrire. Fin janvier. Je me revois, à la fenêtre, souverain, pensif, sur le ventre, pattounes repliées sous mon poitrail, tête bien droite même si les moustaches ne sont pas encore de longueur égale, et je vis intensément, le cœur battant. Je me régale : dehors, ils ont froid. Le ciel de Paris est bas, bourré de nuages de grosse laine sale.

Au sable, pour la propreté, je manifestais trop ma joie, surtout lorsque Abel venait prendre son petit déjeuner à la cuisine. Cahin-caha préparait le café dans une bouteille Thermos. Il y avait le pain, le beurre, les yaourts, les corn-flakes et le lait. Rien pour moi, j'étais un carnassier. Le lait, c'est bon pour les chatons. Abel n'avait plus qu'à prendre place et m'observer à l'ouvrage d'un pipi, même si je n'avais pas besoin. Je me concentrais, en le regardant, posément. Le premier face-à-face de la journée. Après, le spectacle commençait et je m'entraînais à envoyer du sable le plus loin possible, dans tous les sens, tournant sur moi-même, pour ma plus grande jubilation, le plaisir de lui dire ma ferveur et mon application à respecter les règles de notre vie commune. Abel paraissait amusé. La moquette bleue de la cuisine était constellée. Tout le travail de Cahin-caha était déjà à refaire. Après l'ouvrage catastrophique et parfaitement plaisant, je fonçais à toute allure dans l'appartement comme un voleur pris en flagrant délit. J'avais dans les yeux un sourire amusé d'Abel, son premier sourire du jour. Le plus dur était alors d'amorcer le virage en angle droit au bout du couloir de la cuisine, de me méfier ensuite des portes vitrées de l'entrée et de sauter de fauteuil en canapé, comme un fou, l'exploit du matin : Abel était levé et je me disais qu'il passerait ce jour entier avec moi. Je le voulais à moi tout seul. Cahin-caha se plaignit, pas devant moi car elle avait trop peur de l'importance que je prenais, mais sans doute sur le pas de sa loge, dans l'entrée de l'immeuble. J'imagine.

Toujours est-il que le plat bleu, devenu trop petit, fut remplacé par un immense bac en plastique blanc, deux fois plus haut que moi. Ce qui m'obligeait à sauter. Je pouvais encore manifester ma joie matinale mais dans le bas, bruit du sable sur les parois. Secrètement, je me mis à préférer ce lieu hautement clos, avec plus d'épaisseur de sable et sur le bord duquel, en plaçant mes pattounes avant, me cambrant, la queue relevée, frémissante, je pouvais faire autre chose que pipi avec bien plus d'aisance et sans me salir le poil du bas. Restait qu'au début, au fond du nouveau bac, de sa place, le bol de café dans une main, une tartine dans l'autre, Abel ne pouvait plus me voir en train de me concentrer. Il se levait. C'était l'adoration. Un amusement. Et la fuite. Avec, dans les pattounes, coincés entre les coussinets de chair aussi ridiculement roses que mon museau, quelques gravillons à disperser, au hasard de mon grand tour du matin, un peu partout dans l'appartement, pour agacer Cahin-caha et son monstre-aspirateur. Si Abel ne faisait pas attention à moi, je me rappelais à son cordial souvenir en allant faire un petit tour du côté des plantes vertes. J'imaginais des jardins. J'entrais dans la forêt de ma tête et je grattais encore plus fort, terre noire sur la moquette. J'eus droit à quelques raclées fort justifiées, qui n'étaient pas non plus sans me déplaire. Puisque Abel s'occupait de moi et que, même fâché, il avait un air de ne pas y croire qui me faisait retrousser les babines.

Fin janvier. Je fis la connaissance de Barbara. Elle était de Berlin et sa présence me parlait du temps où cette ville regorgeait de magnolias. J'y avais donc vécu, mais quand et avec qui? Barbara me parlait toujours « chat », des « moumous », « patapons », et surtout « poutous ». Je découvris, à ses baisers et à ses mains fines, que j'aimais les femmes même si j'aimais Abel. Barbara avait des cheveux d'une blondeur insolente, une peau laiteuse et si douce que je frissonnais lorsqu'elle tendait les mains vers moi. Si elle avait été chatte, je l'aurais aimée d'amour fou et j'aurais été terriblement infidèle pour le seul plaisir de toujours revenir vers elle, comme vers l'unique et irremplaçable, afin de lui dire pleinement, au butoir, qu'elle était la plus idéale et réelle. Mais elle était femme et je n'étais que chat. Je dus me contenter des caresses et des « poutous ». Elle était enjouée, souriante. Elle avait la gravité des êtres qui ont le sens des bonheurs éphémères et des amitiés durables. Un seul regard et elle devinait tout. J'aimais moins quand elle m'appelait « poupouche » ou « patapoum ». Mais il faut souffrir et se taire pour un peu de perfection en amour. Abel et Barbara, eux, s'aimaient d'amitié. Nous formions un beau trio. Barbara avait des seins comme des coussins et une chair de lilas blancs. Que pouvions-nous, elle et moi, contre l'inertie de cœur?

A peu près à cette époque, Abel prit l'habitude de me prendre par la queue, pas au bout, c'est trop dangereux, mais à la base, avec poigne et délicatesse. Il me soulevait de terre. Barbara disait « arrête, tu lui fais mal ». Abel répondait « non, il aime ça » ou « ça lui fait faire de l'exercice ». J'avoue que me sentir ainsi soulevé de terre ne me déplaisait pas. Tous les oiseaux de ma tête brusquement s'envolaient. Pour l'exercice, c'était vrai, je me faisais les muscles. Plus tard, on dira de moi « il est gros » ou « il est énorme ». Invariablement, Abel répondra « non, il est musclé ». Si Barbara était là, après l'épreuve, elle me cajolait. La récompense. Peau de lait.

Il y eut un déjeuner avec trois messieurs stricts. A la fin du repas, Abel leur lut un début de roman. Les messieurs firent la moue. C'était donc refusé d'avance. Leur refus, c'est le silence, même lorsqu'ils acceptent. L'un d'eux néanmoins parla « ce n'est pas le roman que nous attendons de toi ». Le plus âgé s'était assoupi. Le troisième s'avoua allergique aux chats et Abel dut m'enfermer dans sa chambre. Quand il me délivra, le sac de voyage était dans l'entrée et Valentine dans son boîtier de voyage. Il y avait aussi un autre bac blanc, identique, pour le sable, et une valise ouverte dans laquelle Abel pliait précautionneusement les pull-overs dans lesquels, chaton, il m'avait si souvent porté. Barbara serait du voyage et passa la nuit dans la chambre d'amis. Dans l'autre lit. Ce fut notre première nuit, ensemble. Le lendemain, nous quittâmes Paris, cette ville assoupie, allergique qui vous veut toujours autre que ce que vous êtes. La ville qui fait comme si.

HUIT

NOUS partions pour la maison du Sud. Pendant le transport, pas un miaulement, je fis des rêves de lilas blancs. Au fond du sac, je comptais déjà les marches de l'escalier. Y avait-il un autre lit dans la soupente, en loggia, au-dessus de la chambre ou, bien que si peu mounon, Barbara partagerait-elle la couche d'Abel? Je me retrouverais alors assigné à résidence nocturne dans la pièce du bas ou dans le bureau, à mi-niveau, étrange pièce qui chevauchait une autre maison avec la seule fenêtre donnant sur la vallée. S'il y avait un lit dans la soupente, comment ferais-je pour aller guetter ma belle endormie puisqu'on y accédait par une échelle? Les amoureux compliquent tout au point d'oublier les sentiers qu'ils ont eux-mêmes tracés. Tout cela occupa mon esprit et m'empêcha de miauler. Je ne devais pas me signaler en tant que chat si je voulais ravir Miss Barbara Magnolia Von Berlin City. Même dans la voiture. Et jusqu'au repas de l'arrivée, la mise en place du nouveau bac et le premier feu de bois.

Nous restâmes dans la maison du Sud environ deux mois, fin février et tout le mois de mars. Citronnelle ne vint que peu, jalouse qu'elle était de la présence d'une autre femme et Barbara me prit avec elle, chaque nuit, dans son lit, dans la soupente, sous les draps. Je dormais contre son ventre. Tôt le matin, pour le besoin, je la quittais endormie et il me fallait sauter du rebord de la loggia sur le lit d'Abel et le réveiller en sursaut. J'appris vite à ne pas tomber sur lui, ou sur ses pieds, à faire le plus leste des doubles-bonds afin d'être libre de vaquer à mes occupations de gourmandise et de toilette, le sentiment amoureux, périlleux, rend particulièrement coquet. J'avais peur qu'Abel nous interdise la soupente. Toute la chaleur de la maison se donnait rendez-vous là, au sommet, et le lit de Barbara était à l'abri des regards indiscrets. Abel écrivait un roman, en principe le roman que les mystérieux invités du déjeuner attendaient de lui et Barbara dessinait. Pour Abel, un chapitre par jour, vingt-sept jours et chaque matin, au petit déjeuner, la lecture du chapitre de la veille. Barbara lui disait « continue » ou bien rien. Tous les deux se regardaient et c'était clairement exprimé. Tendres silences échangés : ce ne serait encore une fois pas le roman attendu. Barbara fit de moi plusieurs portraits. J'appris ainsi à me voir, noir et blanc, en couleurs, comme dans la vie, et Abel lui fournit la trame d'un roman dit « pour enfants ». Barbara l'illustrerait. Un oncle célibataire, un mounon, Abel, racontait à une de ses nièces qu'il était un chat. Sa nièce le voyait chat, jouant de la guitare, prenant l'avion, l'entraînant dans un musée où tout était chat, fresques, sculptures, tableaux, l'emmenant au cinéma pour voir un film qu'il disait « d'horreur » et qui avait pour titre *Les 101 Dalmatiens.* Une histoire. Pour des images. Et, illustration, s'il se regardait dans l'eau d'un bassin devant un château, le chat majestueux, moi, avait pour reflet le visage de l'oncle, Abel. Ainsi tous deux travaillaient et moi je posais. Sans broncher. J'aurais tant voulu pouvoir jouer avec les crayons de couleurs de Barbara. J'étais au centre de l'histoire. Ce furent les plus beaux jours de ma vie.

Après le dîner, il y avait le rituel du puzzle, un deux mille pièces « pas possible », disaient-ils, qui représentait une Vierge à l'Enfant, d'Ecole flamande, drapée de rouge et de pourpre. Je n'avais évidemment pas le droit d'aller me balader sur le plateau et les pièces, par terre, devant la cheminée. La demande de caresse était plus forte que l'interdiction. Comment faisaient-ils pour distinguer le carmin du vermillon et telle découpe de telle autre? Bien sûr le tour du tableau fut fait en moins d'une soirée et bien vite, car Barbara avait l'œil, apparurent le visage de la Vierge et celui de l'Enfant mais restaient l'immense robe, les ombres des plis et quelques lisérés, si peu de traits véritables que le travail d'attention, en principe futile, me parut d'autant plus remarquable. Et, pour eux deux, l'obligation continuelle de me surveiller à tour de rôle car, en bordure du plateau réservé au puzzle, je me tenais toujours prêt à bondir si on ne me caressait pas. Leur joie quand ils trouvaient ou l'un ou l'autre, plus souvent Barbara qu'Abel, une pièce et la mettaient en place en me prenant à témoin « tu vois, nous y arrivons ». Les belles nuits où le temps n'avait plus de prise et où régnait autour du dessin du puzzle, éphémère, un silence qui nous réunissait. Il y avait ensuite le rituel de l'infusion. On entendait le fracas du vent et comme un bruit de torrent dans la vallée. Des chats passaient dans la rue et reniflaient derrière la porte. Ils me disaient de m'enfuir. Je leur répondais que je n'en avais pas envie. S'ils insistaient et me provoquaient en duel, je devenais plus grossier. J'étais chez moi. Adulé et amoureux ou simplement épris. Abel plaçait le plateau du puzzle sur le bahut du coin cuisine, hors de ma portée. Puis il retournait dans son bureau pour corriger le chapitre du jour qu'il lirait le lendemain. Barbara et moi allions nous coucher, ensemble. Elle dormait nue. Je l'imaginais en robe carmin et vermillon me tenant dans ses bras.

Le roman avançait comme le puzzle et les dessins de Barbara. J'aurais tant voulu que, dans cette maison du Sud, le second séjour dure à tout jamais. Quand ils me parlaient, avec des mots, c'était pour me dire des « viens mon moumouche adoré », des « voici le plus beau chat du monde » ou des « plus doux que toi, il n'y a pas ». Je ne méritais pas tant. L'amoureux vrai, frileux, se contente de peu. Sinon, il devient malheureux. Je me le tins pour dit. J'écoutais passionnément ce que Barbara et Abel se disaient entre eux. J'avais le droit d'assister aux repas, sur la table, immobile, sans broncher. J'appris ainsi, sur le terrain, au vif, à distinguer le plus grand nombre, celles et ceux qui regardaient, n'écoutaient pas et suivaient d'autres pensées, des plus rares, attentifs, et par la force des êtres, jugés « écorchés vifs », secrètement. Ils n'en parlèrent jamais devant moi, Abel et Barbara savaient que j'écoutais intensément et que je n'étais pas seulement un prétexte. Ni même ici, maintenant, s'ils me lisent un jour. Il n'y a pas de stratagème, parole de chat et mémoire à l'état brut. Ils ne me quittèrent qu'un soir pour aller au cinéma revoir *Blanche-Neige et les sept nains,* un film qui avait « émerveillé » leurs enfances respectives. Pour ma plus grande joie, ils revinrent déçus « ces nains sont débiles ». Il ne faut pas toucher aux souvenirs d'enfance. Or, dans son roman, Abel ne faisait que cela. Dans ses illustrations, Barbara se figurait petite fille, la nièce de l'oncle qui se faisait passer pour un chat. Et moi, auprès de Barbara, dans l'antre de son lit, contre son ventre nu, j'appelais sans le savoir au souvenir irremplaçable de ma Mounette et de ses rares douceurs. Nous étions donc, tous les trois, à égalité.

Il n'y eut pas de visite. Citronnelle boudait. C'était son plaisir amoureux et jaloux, la jalousie gâtant tout. Dehors, il faisait grand froid. J'imaginais « dehors », les voyous, les duels, les vagabonds, les bagarres et les chiens. Puis il y eut la pluie, des jours et des nuits entières, ça crépitait sur le toit de la soupente, ça pleurait aux vitres de la pièce du bas et du bureau d'Abel. Je pris l'habitude de me poster sur le rebord de la baignoire lorsque Barbara prenait son bain. Je n'avais pas peur de l'eau. Je voulais la voir, nue, plongée. Et me penchant, conscient du péril, je lapais l'eau tiède de son bain. Un jour j'ai glissé. Poil mouillé. Dégoulinant. Elle me frotta avec sa serviette et, torture, me sécha avec son sèche-cheveux, punition ou plaisir? C'était « son » sèche-cheveux. Ils comptaient les jours à rebours et moi, à l'infini. Déjà ils évoquaient Paris. Le puzzle était presque achevé. Barbara parlait de la dernière illustration pour la couverture, et Abel disait « un roman ne s'achève pas. Je ne sais pas où cette famille m'emmène ». J'étais vraiment devenu un grand chat, trop haut sur pattes arrière. Les jeux avec Abel devenaient de plus en plus violents mais, à chaque fois, Barbara me délivrait, délicieusement. Je faisais semblant d'avoir eu très peur.

Sur les illustrations de Barbara, j'avais appris à me reconnaître. C'était moi, ça, ce chat qui nageait avec une bouée, qui volait dans un avion et, par un hublot, guettait les autres oiseaux, ce chat qui allait voir des chiens au cinéma pour se faire peur et qui visitait un musée où tout était chat, chat et chat. L'important, disait l'oncle, c'était de croire à ce que l'on imagine. Je ne fis aucun commentaire. Je me figurais, enfin. D'où venaient ce château en couverture, ce plan d'eau et l'image réfléchie de mon maître? Dernière illustration : la petite Barbara partait pour l'école, son cartable sur le dos et, dans la neige, laissait des traces de pattounes. C'était donc vrai. Le roman était achevé. Premier avril. Ils décidèrent de fêter l'événement en allant dîner « dehors », sans moi. Il ne manquait plus que quelques pièces au puzzle. Abel avait dit « et à la fin tout devient très facile ». Barbara avait répondu « nous l'avons eue cette robe. Nous l'achèverons en rentrant ». En leur absence, un démon me prit qui sans doute, pour eux, s'appelle dépit ou jalousie. D'un bond je passai d'une chaise sur la table, d'un autre bond de la table sur l'évier en enchaînant, même mouvement, pour me retrouver en haut du bahut, sur le puzzle presque achevé. Le plateau vacilla. Je me retrouvai au sol, couvert de pièces, un peu cogné par le plateau.

Quand ils revinrent, ils ne furent pas surpris « ça devait arriver ». Déception. Ils étaient pressés d'écouter la radio. Ils avaient croisé dans la rue du village deux madames en chemise de nuit qui parlaient de la mort du président de la République. Ils avaient d'abord cru à une farce, un de ces mystérieux « poissons d'avril ». C'était vrai. Je vivais donc en république.

Il fallait nous voir, le lendemain, dans le train, elle avec ses illustrations bien enveloppées sur les genoux, lui avec le manuscrit de son roman sous le bras et moi, tout ébahi de ne pas avoir connu, la veille, de correction. La logique dans tout cela? L'attachement ne me réservait rien de prévisible. J'étais tombé chez des fous qui n'avaient aucun sens de la sanction et de la punition. Barbara avait remis toutes les pièces du puzzle dans une boîte en carton dont le couvercle donnait le modèle du tableau s'il avait été achevé. Abel, lui, avait fait la chasse aux pièces qui avaient pu tomber entre la cuisinière et le mur ou derrière le réfrigérateur. Moi, l'air penaud, témoin de tout ce branle-bas nocturne, je m'étais léché consciencieusement. La radio, très fort, annonçait la mort du chef de l'Etat, et donnait déjà les dates des élections pour le remplacement. Il fallait nous voir, tous les trois, le lendemain, dans le train, rentrant à Paris, chacun pour soi et à chacun son destin. Il y eut de la buée et, du sac, je ne vis plus rien. Ainsi s'efface le souvenir des jours heureux. C'en était fini de mon enfance. J'allais perdre Barbara. Peut-être m'écrirait-elle? Un petit dessin à chaque fois. Dans le train, j'ai rêvé que je voyageais dans son ventre.

NEUF

Barbara était rentrée chez elle dès le retour. Elle vivait dans un atelier. Dans un autre quartier. J'aurais bien posé pour elle. Pour un autre livre. C'étaient les premiers jours de printemps. Paris avait des airs plus doux. Cahin-caha me dénonça : quand je me léchais, après le repas du matin, la toilette du chat net, j'eus mes premières érections. Abel prit rendez-vous chez le vétérinaire. Il y eut un transport aller, le matin, et retour, le soir, dans Paris, ce qui me permit de découvrir, au-dedans, le métro qui passait sous l'immeuble et, entre les deux, une courte opération avec anesthésie locale sur laquelle je ne ferai aucun commentaire sinon celui-ci : j'allais désormais pouvoir faire l'amour sans risque, ou sans faire courir de risque à mes compagnes, sans le danger de flopées de petits Tiffauges. Je demeurerais donc l'unique, une ordinaire lignée s'arrêterait à moi et, opéré à temps, je pourrais comme un pacha, profiter pleinement et rien que pour le plaisir, de mes capacités de mâle. C'est ce que le vétérinaire, un assez jeune, comme Abel, mais sans moustache, affirmait. A juste titre. L'avenir le prouvera. Ce jour-là, je ne compris seulement pas très bien ce que voulait dire « comme un pacha ».

J'étais au régime « sans croquettes », sinon je deviendrais trop gros. Abel ne m'en donnait jamais. D'ailleurs, je ne les aimais pas. Il me fallait du vrai. De la viande, et rien d'autre. Je n'aurais que du muscle. Il y avait de la musique douce, dans la salle d'opération, chez le vétérinaire. Je me souviens avec délice de l'endormissement. En une fraction de seconde, tout s'était envolé dans ma tête. Les jours qui suivirent, je fus fier de mon pansement et des soins particuliers dont j'étais l'objet. Etait-ce grave si je devais connaître un amour libre avec mes belles? Le vétérinaire avait été formel. Je possédais désormais un carnet avec ma photo, mon nom, mon âge et les tampons pour les premières vaccinations. Le principal intéressé ne s'offusque pas, ici, de l'horreur de cet acte que tant d'autres, surtout les déviés bipèdes qui par humanité vont toujours fouiner chez les autres ce qu'ils ne trouvent pas en eux ou détecter la faille qu'ils camouflent, la lézarde qu'ils maquillent, jugent cruel quand, en fait, ma capacité d'aimer ou de mal aimer demeurait intacte, le plaisir seulement devenait sans fin, sans aucune finalité et dans tous les sens du terme. En me mutilant ainsi, j'emploie à dessein un verbe mesquin si souvent utilisé par les fouineurs sus-décrits, Abel me désirait aussi, peut-être, sans suite. Sans descendance. Je mis du temps à me rendre compte de tout cela. Avec Tiffany et Tityre, je me suis posé mille questions. Un chat dit entier ne peut être que malheureux de se sentir enfermé et de ne pas pouvoir faire ses petites cochonneries, laisser des traces, délimiter son territoire à l'appel des belles. Ma liberté commençait à mon enfermement. J'étais désormais aussi captif et sans aucune suite qu'Abel. Je devais seulement veiller à ne pas grossir. Comme Abel qui, nu, dans la salle de bain, se pesait régulièrement et si je passais par là, hop, m'attrapait et me pesait, comme un bébé. Lui avec moi, notre poids, puis lui sans moi, son poids. La différence était mon poids. Seule ma démarche avait un peu changé, à cause du pansement d'abord et parce qu'un certain manque en lieu postérieur ensuite. Pour la rééducation, mon modèle fut le cheval, au pas, au trot puis au galop et parfois, sur le bureau, patte avant gauche relevée, la position de la statue équestre et l'émerveillement, touchant, de mon maître et égal qui en profitait pour quitter le texte en cours et saluer son conquérant. Notre rapport était inespéré. Barbara téléphonait, Abel me tendait l'écouteur, elle me parlait, je restais sans voix. Comment peut-on se parler sans se voir et se regarder? L'usage des mots n'est rien en regard des regards. L'échange, parfois, intervient et sanctionne. Je découvris enfin que j'obtenais plus en ne demandant rien et que l'on obtient tout en ne demandant pas. Abel ne savait pas se rendre rare. Toujours demandeur. Toujours attendant. Perdant et perdu d'avance. Il se mutila en me mutilant. Il me voulait identique. Je n'étais que chat. Le maître, en fait. Le pacha.

Je joue, là, à me souvenir. La tendresse qui naît de la barbarie est particulièrement tenace. Si ce n'étaient que des hypothèses, le jeu n'en vaudrait pas même une de ces minuscules chandelles pour gâteau d'anniversaire. Castré, je n'avais plus rien à craindre. En me castrant, Abel entrait totalement et définitivement dans mon empire et sous ma domination. Même Barbara ne me parlait plus comme avant lorsqu'elle nous rendait visite. Pourtant, j'étais le plus fort. Leur monde était-il si hypocrite, hargneux et strident? Je crois qu'ils auraient voulu pouvoir se coucher par terre comme moi, dans un coin et faire de beaux rêves avec le seul souci des repas et des toilettes. Abel et Barbara étaient brisés. Ils me voulaient superbe. Je n'étais que chat. Le maître, en fait. Un pacha.

Si je marchais devant Cahin-caha, elle me pointait du doigt et se moquait de moi. Je détalais. Toute une humanité en profite dès que vous avez le dos tourné. Et un chat sait et sent qu'il est pointé du doigt, d'autant qu'il est plus juché sur pattes arrière que sur pattes avant. Cahin-caha n'allait certes pas me traumatiser avec ses « houla, tu n'as plus rien entre les cuisses » ou ses « tu vas devenir un gros matou ». Si ses premières remarques me firent je ne sais trop quelle peine, je pris bien vite l'habitude de la fuir et de ne me montrer à elle que de face pour bientôt ne plus tenir aucun compte de ses railleries. Elle avait des comptes à régler avec elle-même, c'est tout. J'étais un chat à part entière et cela m'aida à être encore plus secret. J'étais le maître, en fait. Le pacha.

Je commençais à ne plus aimer que la solitude et même, petit à petit, l'isolement quand il n'y avait plus personne dans l'appartement. Abel attendait trop, demandait trop, quand un mot, une impression, un regard auraient suffi. Je ne l'ai connu et vécu qu'égaré, de plus en plus demandeur, sans rancune, de plus en plus déçu, admettant de moins en moins sa déception, et moi avec lui, comme lui, fondu, tributaire, solidaire.

Il y eut une seconde visite chez le vétérinaire pour retirer les points de suture. Et pour moi l'occasion de revoir le métro, les gens, la foule, tout un ramdam, un fourmillement, des odeurs métalliques, électriques, des bruits assourdissants. Toujours quelqu'un, dans le métro, pour se pencher, faire des risettes et dire « oh! regarde le joli minet ». Je me tassais au fond du sac, flatté et terrifié. Abel me portait. Je n'avais rien à craindre.

DIX

Il y a ceux qui vivent pour composer et ceux qui composent pour vivre. Abel était de la première race, sans doute une espèce en voie de disparition, véhément, fragile comme seuls les robustes, insolent, catégorique, arrogant à l'occasion, avec des haines féroces et des élans de tendresse, capable à la fois d'une grande brutalité et d'une douceur proche de la volupté. Je devins rétif afin de mieux le contempler dans ses exploits et l'exploiter dans ses contemplations. Je l'aimais flanchant, à la dérive, douteux et incertain. Je m'employais à lui faire croire qu'il devait, chaque jour, me reconquérir. Cette œuvre de moi, ici, à ces lignes, l'œuvre de *nous,* me plonge dans l'effroi et l'étonnement : à mon tour de connaître le vertige de la page et le danger des phrases quand il faut, à chaque mot, retomber sur ses pattes. C'est une solitude plus grande encore, alors qu'il n'est question que d'attachement et de *deux,* Abel et Tiffauges, deux personnages d'une seule et même personne, forcément!

Il y eut de nouvelles étagères dans la vitrine et des pièces restaurées, dont la tête de mort qui refit son apparition. Elle semblait me suivre du regard, ou plutôt des orbites, que je me trouve en face d'elle ou sur les côtés, quel que soit l'angle. On chasse la mort, son idée, on résiste, on vit, et elle revient, figurée, présente, quasiment obsédante, comme une invitation à l'effort et à l'instinct. Je me plus moins dans le salon et la salle à manger qui communiquaient largement. Je ne supportais pas la présence de cet objet et sa manière de constamment et hautement surveiller, un vide autour d'elle, encore plus en valeur, l'air triomphant « la restauration ne se voit pas, ils ont repris de la terre du bas pour refaire le haut du crâne ». Barbara avait regardé et n'avait rien dit. Elle aussi avait peur. La nuit, il y avait cortège de mounons, blousons de cuir, bottes, jeans. Sur la couverture dépliée, jeux d'ombres, la lumière du quai faisait éclairage, j'observais les étreintes brutales et désabusées, cela semblait les amuser, brèves rencontres « salut? », « salut! » Abel allait se coucher. Toujours au milieu de la nuit. Ou alors il travaillait et j'allais lui tenir compagnie, sur son bureau, à portée de la main. Les ébats, vus de derrière la porte vitrée de l'entrée, avaient lieu sous le regard de la tête de mort. Danger? Pure perte? Le roman d'Abel avait été accepté du bout des doigts, fine bouche, sans aucun commentaire. Le livre dit « pour enfants » avait été refusé. Abel décida de faire un autre voyage. Barbara proposa de me prendre en pension chez elle. Je ne pus donc que me réjouir de ce refus, même si elle m'emmena chez elle en me portant dans le sac à lucarne de la main gauche et en emportant le carton des illustrations méprisées de la main droite. J'allais l'avoir à moi tout seul, chez elle.

Abel ne s'est sans doute jamais rendu compte qu'il avait vécu, avec moi, dans le temps, sentiment durable, plus qu'une liaison, un amour véritable. L'amour, ainsi, est étourdi. Il ne vit que de ce qu'il ne désigne pas en temps voulu. Ou après seulement. Quand c'est trop tard. Aussi le sentiment que j'éprouvais pour Barbara m'était-il un peu suspect parce que vif et déclaré, méticuleusement calculé. Il y avait également de la convoitise, ce qui gâche tout, nomme et gomme à la fois. J'étais à la merci de Barbara puisque je m'étais déclaré. L'impossible rend encore plus amoureux et têtu. Je compris mieux, grâce à elle, ce que signifiait le mot *rupture,* il y avait eu Rupture N° 1 dans la vie d'Abel. Il y en aurait trois autres. N'anticipons pas, terrible loi des chronologies pour je sais trop quelle compréhension.

Les premiers jours, chez Barbara, dans son atelier, pièce unique avec loggia et vue imprenable sur les toits d'un Paris plus tortueux et beaucoup moins calme que celui d'Abel, je fis, en ses absences répétées, connaissance avec son petit linge. Tout était placé à vue, sur des étagères. Chez elle, pas de risque d'être enfermé dans un placard. Parfois la tentation de m'endormir sur une pile de petits chemisiers de soie particulièrement douillette et mounette. Je succombais à ce plaisir diurne. C'est là qu'au retour Barbara venait me cueillir et me couvrir de ses célèbres poutous. Elle m'arrachait au sommeil le plus doux, mais l'amoureux se contente de peu s'il n'est pas de taille à conquérir sa belle, comme on dit, comme « ils » disent, ils, les impitoyables chronométreurs de logique tragique. J'avais l'esprit tout occupé à l'inventaire rêvé et réel du lieu. Peut-être avais-je déjà fait, dans une vie antérieure, des folies pour un ruban ou un mouchoir? L'amoureux des causes perdues d'avance ferait n'importe quoi. Sur la table de travail de Barbara je me pris en flagrant délit de m'amuser avec une gomme, sa gomme, et de renifler la pointe de crayons de couleurs fraîchement taillés, placés en bouquet dans une timbale en argent, les crayons qu'elle tenait pour ses dessins, et cette timbale à ses initiales, souvenir d'enfance? L'amoureux, aussi, invente des histoires et toutes sortes de généalogies. Pour les repas, je mangeais ce qu'elle préparait, autant pour moi que pour elle, en chantonnant des comptines. Et si *Une vie de chat,* roman, par Tiffauges, chat, prend le temps de l'enfance, le temps du commencement, c'est que l'enfance est encore capable d'émerveillements, l'inépuisable source. L'écriture me tient au chaud, c'est le ventre de Mounette retrouvé. Pour ce trait j'étais, je suis et je demeure, un chat terriblement européen, même si un jour, profitant d'une fenêtre ouverte, j'ai découvert l'existence et le plaisir des gouttières. Tout reviendra et revient toujours au ventre premier, même si c'est celui d'une aventurière, et à la présence du père, dont je tenais forcément, noir et blanc, museau et pattounes roses, même si on prétend n'avoir aucun compte à régler avec lui. J'étais de père inconnu. Cela ajoutait à la fable de mes rêves les plus insensés.

Comment écrire à coups de griffes? Ne pas aller jusqu'au bout de l'idée, la développer, enfermer le texte dans une pure et simple logique chronologique? Mais pouvoir esquisser, comme Barbara ne pas appuyer sur le crayon de peur de casser la mine? Effleurer, comme Barbara quand elle tendait la main pour que je quitte la gouttière et rentre, non pour le repas et la gourmandise mais pour le régal de nos regards échangés? Je lui faisais peur à dessein de trouvailles. Le séjour chez elle fut passionné. Même si, à plusieurs reprises, Barbara quitta l'atelier avec le carton des illustrations et le texte d'Abel, l'air confiant, « ils vont accepter ». A chaque fois, le carton sous le bras, elle rentrait déçue. « Ils ont refusé, d'autres accepteront. »

J'écris pour la présence et la patience, le bien-être des souvenirs qui ont toujours un avenir. Il n'y eut que des refus. Barbara vite oubliait ses peines du jour et nous nous retrouvions par terre, à jouer, ensemble. Elle, s'amusant à m'écarter d'elle et moi, revenant, bondissant vers elle, pattounes douces. Elle me prit en photo, fit encore quelques portraits de moi. La main sur le front, elle dessinait. Je posais. Imperturbable. Je l'ai surprise, dans cette position, les larmes aux yeux. Elle m'expliqua qu'elle allait quitter Paris et « reprendre la route ». Paris, ville qui domine, dicte et refuse, racisme dont on ne parle pas et gare à celle ou celui qui le dit : on l'accuse de parano, drôle de mot, et on en fait un ou une laissée-pour-compte, une ou un laissé-pour-marge, la marge comme la gouttière et la rue, en bas, grouillante, inquiète, toute une foule et à chaque passant, un roman. J'allais toujours me coucher le premier. Quand Barbara me rejoignait, au lit, la technique du clin d'œil me permit de la voir belle et nue, sans qu'elle s'en doute. L'image est toujours là, dans ma tête, intacte, vierge. Le texte même ne viole pas. Je dormais sur l'oreiller. Au-dessus de sa tête. Je la coiffais. Je rêvais que je partais sur sa tête, en voyage. Passager clandestin. Loin de Paris. Tant de paysages.

ONZE

CHACUN est l'exilé de l'autre, ainsi va l'histoire de deux. De trois. De tant. Abel vint me reprendre. Barbara lui rendit les illustrations, « il vaut mieux que tu les gardes, un jour peut-être, on ne sait jamais ». Puis « je vais partir. Pour le Maroc, d'abord. Avec des copains. J'en ai besoin. Plus tard je reviendrai à Berlin. On ne se reverra pas avant mon départ. Je préfère. » Un dernier poutou et hop dans le sac. C'était un jour de printemps. Il faisait frais, dans le métro. Au fond du sac, pour mon confort, Barbara avait placé un chemisier à elle. Son parfum. Il n'y eut pas de buée à la lucarne. Je vis tout. Trajet, deux correspondances, dont une à Barbès-Rochechouart, et le métro aérien.

Puis la plongée dans la terre et l'obscurité. Le bonjour à Cahin-caha dans sa loge, « mais il a grossi », et l'appartement immense, dépouillé, Abel à l'ouvrage, sa ferveur et ses ombrages. Epuisé, je crois que j'ai dormi plusieurs jours de suite. Le sous-vêtement, ou vêtement dit de contact, était resté dans le sac et son parfum pour quelques voyages et transports encore m'accompagnera. Les chats, aussi, ont de la nostalgie. Celle-là n'est pas forcément rétrospective. Elle peut parler au présent, indiquer. La Seine était en crue.

Abel disait en riant aux visiteurs que j'appelais au secours et demandais une bouée de sauvetage. La voie sur berge était sous les flots. Il y eut de grandes fêtes, dans l'île, en face. Je vis Abel en smoking. Comme moi.

Je suis né botté, à la fois nu et habillé, toujours propre comme un sou neuf même si je fus livré crotté par un ogre oublieux. Je ne compris pas très bien ce qui se passa, par un matin ensoleillé, quand Abel posa pour une photo, nu comme un ver, avec tous ses attributs à vue, devant la bibliothèque, dans le salon et même sur la table de la salle à manger. Il y avait de la promiscuité entre l'appareil du photographe et mon maestro « à poil », incapable de répondre aux ordres « souriez! » ou « mieux que ça ». Pas très naturel, mon Abel, dans son plus simple appareil. Le photographe était pressé de terminer son reportage. Parfaitement inintéressé au sens cupide et indifférent. Il était pourtant « payé pour ». Abel insistera pour qu'en partant, cet Américain, sans doute plus habitué aux nudités féminines que masculines, le photographie en blouson bleu et jean, sur sa Mobylette. Seule cette photo sera belle. Le reportage paraîtra dans un magazine intitulé *L'Amour.* Abel en avait lui-même écrit le texte, *Anatomie d'un jeune écrivain.* La rédactrice en chef l'avait signé. Je me souviens d'une lecture à voix haute. C'était drôle. Insolent. Absurde. Le nu était-il donc encore tabou à ce point? Abel n'aimait ni son corps ni la manière dont on l'étiquetait en tant qu'écrivain, et l'humour dérisoire de cet acte ne fut perçu que de lui. Ce magazine fut retiré de la vente après un dernier numéro dont Abel avait été l'épouvantail et le *sujet de charme,* le nom de la rubrique. Ç'avait été une pichenette de plus qui n'avait pas été sans déplaire à mon maître. Dix ans plus tard, dans une grande ville de province, pour la création d'une de ses pièces de théâtre, un critique encore tout ébranlé écrira *« com-*

ment se fait-il que l'auteur ait pu écrire une pièce aussi subtile alors qu'il posait nu dans les magazines? » C'était devenu *les* magazines. La province a la mémoire longue. Cette histoire n'avait donc amusé qu'Abel. Le texte précisait bien que *l'écriture est elle aussi une mise à nu.* Pour ce qui est de ma mémoire et de mon avis, je m'abstiendrai de tout commentaire. Nu, Abel avait l'air aussi minable que moi, après ma chute dans l'eau du bain de Barbara.

« Ils » avaient regardé les images et « ils » n'avaient pas lu le texte. Abel ne jouerait donc jamais le jeu, ne danserait jamais la danse, ou trop vite ou alors à l'écart, au bal de ses propres histoires, de ses nuits crasseuses, tant d'épisodes furtifs. Il courait à une perte. Je le savais, et plus il le savait, plus la course l'emportait. Je n'avais plus qu'à devenir un chat comme les autres. Me poster. Observer. Accompagner. Lui offrir un peu de douceur, de temps en temps, ou la joie de me malmener, lui, le malaimant malaimé, toujours en quête d'amants et d'aventures. Je n'avais plus qu'à me comporter en chat idéal qui voit tout, sait tout, devine tout et ne dit rien. Câlin.

Se faire tout petit, dormir de jour, guetter la nuit, vivre pleinement cette assignation à résidence, le séjour forcé chez Abel, attendre son vouloir et son bon plaisir, rien de sadique à cela, de sa part. Il n'y a que celles et ceux qui n'ont jamais vécu avec un animal pour l'affirmer et le dire, qui plus est avec un chat, et celles et ceux qui vivent aussi mal leur animal que leur propre vie. Tout cela m'invita au secret et à une résignation sans aucun regret. J'étais logé, nourri, considéré et je me blanchissais. Que demander ou exiger de plus? Pourquoi vouloir changer le cours de la vie de quelqu'un d'autre? Alors, pourquoi ne pas me réjouir silencieusement, en bon minet, en gros matou, d'un maître et copain perpétuellement insatisfait, se méfiant si fort des « sûrs d'eux », des « sûres d'elles » et de la satisfaction de soi, en général, pourfendant les repus, les gracieux, les redondants, les flatteurs qu'un rien peut flatter, les hargneuses et hargneux sans oublier les grincheux, et ils étaient légion, autant dire presque tout le monde?

Le cours de la Seine redevint normal. La voie sur berge fut rouverte. Je me « la coulais douce », jours tranquilles. De jour, Abel allait et venait pour des travaux de rédaction publicitaire sans lesquels, disait-il après m'avoir lu des slogans et formules, « je ne pourrais pas payer tes boîtes, ton sable et Cahin-caha ». J'aurais tant voulu pouvoir nettoyer mon bac, tout seul, pouvoir me servir dans le réfrigérateur sans avoir à « demander » comme il « demandait » à son éditeur, pouvoir aussi, enfin, ouvrir moi-même les boîtes pour les repas et me servir sans dépendre de qui que ce soit. La belle illusion. On rêve toujours d'un autre amour. Il y avait fort à apprendre de cette dépendance, même si, dans une autre vie, j'avais été quelqu'un avec des doigts. A quoi m'avaient-ils servi, mes doigts, en ce temps-là? Je me devais de ne pas vivre mon retour comme une punition et je n'avais qu'à vivre ce qui m'était donné de vivre. Mais lorsque la vitrine fut vidée de son contenu par Abel, lorsqu'il cacha la tête de mort sur la plus haute étagère et au fond d'un placard, lorsque seuls les masques guerriers rescapés reprirent leurs places respectives sur les cheminées et lorsque des livreurs emportèrent la vitrine comme ils l'avaient apportée, double-porte de l'entrée ouverte « c'est plus lourd qu'un piano » et « ça pèse un âne mort », je me sentis gratifié, un peu utile malgré tout. Le placard était fermé? Je passais à l'écart. La tête était dedans.

De nuit, toujours les mounons, jamais ou rarement deux fois le même, je faisais semblant de dormir dans mon coin. Il y eut des feuilles aux arbres et des moineaux sur le balcon, juste de quoi entretenir mes rêves. J'attendais des jours meilleurs. J'étais comme Abel. J'attendais.

DOUZE

AUX beaux jours de l'été, dans la maison du Sud, je revis l'ogre ténébreux, mon livreur du petit matin, flanqué d'un ami qu'il appelait Mister Détresse et qui parlait une langue étrangère.

Tout le premier étage de la maison avait été bouleversé. Abel avait ordonné des travaux. Je compris ce qui avait fait rire Abel quand, devant un visiteur, important client de textes publicitaires, à Paris, en retard, le client avait attendu devant la porte, un message enregistré sur le répondeur automatique avait livré un « c'est Jésus, la terrasse est terminée », qui avait plongé le monsieur cravaté et agacé par le retard d'Abel dans la consternation. Abel, pourtant, était toujours ponctuel. Le maçon, répondant au nom de Jésus, avait, comme convenu, prévenu de la fin des travaux. La salle de bain, avec porte, se trouvant à la place de la chambre; la chambre, avec placard de rangement à la place de la salle de bain, à peine Abel ou Citronnelle pouvaient-ils faire le tour du lit, maison de poupée, maison de chat, attention chat fugueur, et surtout un escalier étroit, pentu pour grimper dans la soupente, une porte découpée d'une chattière qui fera *flip-flap,* modèle anglais, grand prix de *design* international, ma liberté et une terrasse grande comme un mouchoir, accès direct aux toits, au-dessus du bureau, vue imprenable sur la vallée et au loin, ligne d'horizon, la montagne du Sud, flanquée de villages et de bourgs dont les lumières, la nuit, donnaient l'impression de navires perdus dans le ciel.

Sur la terrasse, eurent lieu l'entrevue et les retrouvailles avec l'ogre qui, immédiatement, alors qu'Abel servait des boissons fraîches, l'air docte et catégorique, décida que je ne pouvais pas rester seul, que Mounette attendait encore des petits et qu'Abel n'aurait qu'à venir en chercher « un autre », à l'automne. Pourquoi « un »? Un demi-frère? Un rival? Abel avait dit « je l'appellerai Tybalt, comme le frangin de Juliette, celui qui tue Mercutio ». Mais je ne voulais pas de frangin et pas d'assassin! L'ogre ne s'était déplacé que pour présenter ce Mister Détresse qui montrait des dizaines et des dizaines de photos de mounons tous nus dans des mises en scène toutes plus cruelles les unes que les autres, décor lépreux de gratte-ciel et de bâtiments désaffectés. Une ville que j'avais connue dans une autre vie? Pas ainsi. Les photos étaient rudes. L'ogre, trop célèbre, ne voulait pas préfacer le livre de son ami Mister Détresse. Photos en main, sur la terrasse, à peine y tenaient-ils, à trois, vols de martinets rendus fous par la tombée du soleil et les rayons obliques, Abel n'avait plus qu'à accepter la préface. Et le rendez-vous à l'automne. Pourquoi avaient-ils tous tant de problèmes avec leur nudité?

Pour un été, seul, je fus un chat sur des toits brûlants, je découvris le ciel, l'air libre. La nuit, les tuiles étaient tièdes. Et gare au flip-flap, *flip* je sors, *flap* je suis sorti, ou *flip* je rentre et *flap* je suis rentré, afin de ne pas alerter ou réveiller Abel, constantes allées et venues. Je reçus une carte postale de Barbara, du Maroc, avec plein de poutous dessinés dans des cœurs. Abel avait peur que je tombe du toit. Les oiseaux me rendaient fou, pffft dans un sens, pffft dans l'autre, ne se posant jamais. J'étais là, féroce au poste, pour rien. Leur peur, au moins, me comblait. Tybalt, non. Une mini-Mounette, oui. Je ne pensais en fait qu'à ça. Citronnelle disait « un seul suffit, tout de même ». De quoi se mêlait-elle?

Cahin-caha, elle, dira « choisissez-en un tigré ». Pourquoi « un » et pas « une »? Cahin-caha, elle aussi, craignait-elle une rivale ou bien pensait-elle tout, comme Abel, au masculin? La livraison eut lieu en fin d'après-midi, un jour de novembre. Abel était allé chez l'ogre. Mounette avait fait ses chatons dans le jardin du presbytère. Une chasse avait eu lieu. L'ogre avait organisé des embuscades. Mounette avait fait quatre rouquins, coquins, inattrapables et un tigré, le dernier en file indienne, encore plus fou que les autres. C'est celui-là qui sortira comme un diablotin d'un carton à chaussures sans même qu'Abel puisse l'attraper, le tenir et me le présenter en disant « bonjour Tybalt ». En fait, ce n'était pas un mounon mais une mounette. Je m'en suis aperçu tout de suite. Au regard. Aux yeux. Aux oreilles et à la frayeur. Abel ne s'en rendra compte, anatomiquement, qu'une ou deux semaines plus tard. En cherchant dans les Ti, ou Ty quelque chose, il la baptisera Tiffany, future petite Fanny pour les gens du Sud. Tiffany, un jour, plus tard, me racontera l'horreur de sa capture, la débandade derrière Mounette, la rupture de la file indienne, le refuge dans un hangar à bois et le carton à chaussures plaqué sur sa tête, deux fois, dix fois, porte du hangar fermée, avant qu'Abel puisse, les mains griffées, en sang, doigts mordus, la mettre dans le carton à chaussures. Ç'avait été, selon elle, une nuit brusque. C'était si bon dans les buissons. Combien de fois lui reprochai-je de radoter avec ses buissons. Elle devint mon épouse, amour incestueux, un délice. L'été durant, sur les tuiles des toits, j'avais vécu mon premier orage, les gouttes de pluie, flip-flap, et ensuite le parfum de la vallée mouillée, tant d'odeurs éveillées qui me parlaient des forêts de ma tête, ces forêts où il n'y avait aucun Abel, aucun ogre et aucun Mister Détresse mais des couches de mousse, des fleurs douces et pas une mouche, une de ces mouches obsédantes qui, dans la maison du Sud, avaient constamment troublé le sommeil de mes siestes, en venant se poser sur mes oreilles, sur mes moustaches, sur mon échine ou, insupportable sensation, sur le bout tout frais de mon museau.

Tiffany ne se laissait guère attraper. La garce, elle avait de la rage au cœur, on eût pu croire à de la méchanceté, pis, on l'avait arrachée aux buissons. Le respect de l'être, c'est la liberté de l'autre. Pas au début. La belle idée. Quand on est deux, c'est toujours le début de la fin. Comme la vie. Toute une vie. Et je prendrais toute la place, exemple de cet art d'infinition, l'amour, cette institution, qui ne supporte pas de définition, elle et moi et tout, tout de suite. J'étais infiniment choqué et désireux. L'été durant, la petite cicatrice, entre mes pattes arrière, s'était effacée. Je m'étais employé à particulièrement lécher cet endroit-là et à vérifier le reste. Tout fonctionnait normalement, balistiquement. Je pouvais donc prendre des allures, l'air naturel, du genre prêt-à-barouder. L'été durant, Abel s'était plongé dans le roman dont il avait lu les premières pages aux trois messieurs du mois de janvier, la suite de ce qui avait assoupi et certainement pas encore le roman qu'on attendait de lui. Flip-flap dans un sens, flip-flap dans l'autre sens, toutes les nuits et parfois jusqu'au jour levant, Abel rivé au siège de son bureau, de l'index de la main gauche et de l'index de la main droite, frappait sur Valentine le texte, un texte floué d'avance. Je le sentais plongeant, fasciné, entraîné, enchaîné, ce que je suis à ce jour, autre fiction, à ces pages. Souvent il murmurait « Abel s'est tué », pas très distinctement, je mis beaucoup de temps à comprendre ce qu'il se disait à lui-même, troublé et insatisfait par les pages qu'il venait de relire à voix haute afin de mieux les corriger sans leur faire subir une correction, obstiné au point de toujours revenir au bureau et au chapitre à venir afin de continuer, continuer. Il ne prenait plus aucun repos. Il ne savait plus se distraire. Il avait dit à l'ogre « écrire me tient debout » mais celui-ci avait, visiblement, vision de chat claire et nette, préféré faire semblant de ne pas avoir entendu. Je m'inquiétais de l'automne qui devait me livrer un compagnon que je souhaitais compagne, à chacun sa norme, j'étais fin prêt, l'amant parfait, en puissance uniquement. Je guettais dans le ciel et sur les tuiles des toits, mon territoire, les oiseaux et insectes volants qui semblaient tout droit sortis de ma tête. Les insectes rampants, je les traquais et les mangeais.

J'avais rêvé d'une capture pour la preuve, le plaisir et l'exploit. Je ne pouvais pas rentrer à Paris sans avoir montré, au moins une fois, ce que j'étais capable de faire en chat régnant pour ne pas dire en chat à part entière et faire sourire bassement. Il y eut une capture et une victime. Un petit. Un petit oiseau. Tiffauges oblige. Une toute petite hirondelle qui n'avait pas reçu encore toute l'éducation nécessaire et qui faisait encore trop confiance à une possible et généreuse nature. Elle vint se poser à côté de moi, je n'eus qu'à faire patapoum et hop, et elle se retrouva dans ma gueule prisonnière, piaillant. J'eus, hélas! la fierté d'aller tout de suite montrer à Abel qui j'étais et ce dont j'étais capable, flip-flap, je reviens, ma proie dans la gueule. Abel est au bureau. Il me voit. Il est livide ou bien admiratif. Comment faire la différence? L'émoi a, sur eux, le même effet. Il se lève, me dit « brave Tiffauges », se penche, c'est tout au moins ce que j'ai cru, pour me caresser et m'attraper en fait. Nous attraper puisque je serrais de plus belle, dans ma gueule, la petite hirondelle. Abel me porta dans sa chambre, délicatement, à bout de bras, puis sur la terrasse et là, me posant et me tenant fort contre lui, sur le muret latéral, il me parla en frère et ami, en forçant mes mâchoires du pouce et de l'index de la main droite, main gauche sous mon ventre. Je rendis ma proie. Abel prit la petite hirondelle dans ses mains, leva les bras, l'oiseau s'envola de nouveau. Avec les autres. Et moi, ébahi, trompé, ravi, furieux, je ne savais plus à quel maître me fier. Il y a de la tyrannie dans le rapport de deux, chacun étant le tyran de l'autre. Je ne montrerais plus jamais mes proies. Ce serait une affaire entre moi et moi, une manière d'adultère et dans ce mot-là, bien usé et vidé de son sens, il y a le mot adulte. Abel me caressa et me félicita avec des « c'est assez dur comme ça pour tout le monde » ou un « maintenant, tu es un grand chat » qui, malgré la libération de ma proie, me flatta. Par affection, je deviendrais féroce. Ça piaillait dans ma gueule et c'était bon. J'avais rêvé d'un retour ravageur et sanglant parce que l'ogre flanqué de son Mister Détresse avait parlé d'un compagnon. Il me fallait *une.* Une fille quoi, pour en faire une femme.

J'allais sur le toit de la maison de la voisine de gauche et sur le toit de la maison de la voisine de droite. Toutes deux des grincheuses, se plaignaient déjà et disaient que je déplaçais les tuiles. Du toit de ma maison, car si je me sentais propriétaire du ciel je savais aussi sous quelles tuiles exactement, territoire, se trouvaient la maison du Sud, Abel, Valentine, Citronnelle et son « c'est moi, j'apporte le linge » ou son « houlala, qu'est-ce qui s'est passé ici cette nuit » entrant dans la chambre d'Abel, imaginant toutes sortes de frasques, et moi fuyant les cris, son rire d'éternelle gamine quand elle secouait les draps du lit défait devant un Abel alerté, ayant quitté sa table de travail pour expliquer que « rien » ne s'était passé.

L'air supérieur Citronnelle fredonnait alors son éternel *Etoile des neiges* quand ce n'était pas *Cerisiers roses et pommiers blancs,* et les paroles, *Quand nous jouions à la marelle.* Du rebord de mon toit, pas de gouttière, j'observais la voisine d'en face faire la vaisselle ou servir le pastis. Notre maison lui bloquait la vue, elle surveillait les allées et venues et me lançait des « petit fauve tu vas tomber » ou « petit fauve, défense de sauter ». J'avais rêvé de l'automne, le sort ne pouvait m'être que favorable. Un chat comme moi ne pouvait avoir qu'une chatte. Un souverain avec une dévouée souveraine.

TREIZE

L'AMOUR fou. Violent. Harcelant. Il fallut éduquer la petite et ne lui faire prendre que de bonnes habitudes. Je me la dévorais. Un vrai festin, petite boule que je léchais jusqu'au mouillé le plus achevé, de la tête aux pattounettes, coins et recoins, du léchage intégral pour la propreté, le plaisir, et bien marquer le territoire de son corps, totalement mien, accomplissement d'un vœu dont les limites de l'appartement, son enfermement, n'étaient qu'une garantie de plus de durée et pas vraiment d'asservissement. Qu'ils montrent le bout du nez, celles et ceux qui pensent que l'amour, quand il est, n'est pas aussi égoïste et dominateur, de part et d'autre, les rôles de bourreaux et ceux de victimes étant interchangeables. Tiffany ne se laissait pas attraper par Abel, toujours fuyante, une vision de hangar et de boîte à chaussures jamais ne la quittera, hantise, un effroi dont jamais elle ne se départira. Tiffany avait peur de moi, également. Mais j'étais plus à sa taille et porteur d'odeurs vaguement familières. J'eus donc un an et elle, petit bout de chou de quelques semaines, était à ma merci. Je lui tendais des pièges, je lui sautais dessus, je la plaquais au sol en la mordant au cou, je jouais à la balle avec elle, elle détalait, poursuites sans fin, une distraction, une dévotion et, tôt ou tard, le fait que je la lèche scrupuleusement, comme on m'avait léché, à la manière de Mounette, la calmait et plongeait dans un ravissement sensuel, proche de l'extase dont je ne voulais pas croire qu'il s'agissait, pour moi, d'une victoire. Son cœur battait follement. Léchée, mouillée, j'avais peur qu'elle prenne froid et la serrais fort dans mes pattes, contre mon ventre. Si je me perdais dans son poil de tigresse, pour me retrouver dans le mien, noir et blanc, le plastron surtout, blanc, elle m'échappait. Je savais où la retrouver, au chaud, sous le tuyau du couloir de la cuisine. Elle n'avait pas trop d'imagination. Et pas le choix. C'était moi et rien que moi. Abel nous observait de loin en lissant sa moustache pour la faire rebiquer, quelle idée!

Je suis devenu l'esclave de Tiffany, même et surtout si je la traitais en rustaud. Ce que la poétique est à la poésie, rigueur ou vigueur, c'était mon éloquence de matou-macho. Quel amoureux a-t-il pu pétrir sa belle, séducteur pris au piège de sa propre séduction, aussitôt et quasiment au berceau même si elle avait, disait-elle, le souvenir précis de certains buissons? On me rétorquera qu'elle n'a pas eu le choix et que j'ai usé de la loi du plus fort. Et moi? Avec Abel? A-t-on le choix quand on tombe en amour? Le plaisir d'attendre serait-il encore plus grand que celui de recevoir? En la léchant, je me la figurais vamp, redoutable et fatale, en exclusivité, version originale non sous-titrée, du cinoche tel qu'il m'avait fait rêver, mais quand et dans quelle vie, qui donc avais-je été? N'étais-je pas, non plus, en train d'établir avec elle les mêmes rapports que ceux d'Abel avec moi, confidence et force confondues, l'esclave devenant maîtresse et maître, le maître se croyant tout permis, doutant toujours de tout? Cahin-caha disait « laisse-la un peu tranquille ». Abel, lui, me rappelait à l'ordre et parfois nous séparait. Comme au catch. Si je fermais les yeux en la mouillant, je l'imaginais blonde, comme Barbara, et léchais de plus belle, langue râpeuse et farfouillante. C'est moi qui lui appris le bac. En la portant, dans ma gueule, comme Mounette m'avait porté, par la peau du cou. Et comme j'avais tenu l'hirondelle, sans lui faire du mal, pour le seul plaisir de la proie. Tiffany prenait la fuite avant même qu'Abel tende la main vers elle. Abel disait en riant qu'il ne lui restait plus qu'à fonder un magazine qui ne s'intitulerait pas *Nous deux,* mais *Nous trois* et il ajoutait « le magazine du couple moderne ». Je ne trouvais pas cela d'un très bon goût. Nous avions, tous les trois, tant d'orgueil et si peu de vanité que l'humour ne nous était plus d'aucun secours. Ce sont toujours les autres qui meurent, qui s'en vont, qui commettent des erreurs. On en oublie le danger. Le malheur n'arriverait-il qu'aux autres jusqu'au jour où, pan! coup de feu, on vous tire dessus?

Tiffany se laissait porter, pelotonnée, hop et nous étions dans le bac. Je lui ai enseigné, là, ce que j'avais appris tout seul. L'art du sable, du grattouillement, le choix de l'endroit précis, en tournant sur place, la concentration pour le petit pipi et la délicatesse du parfait et scrupuleux recouvrement en cas de caca, tout un rite pour une perfection, une réflexion et un consentement mutuel. Le respect de la maison, notre maison, également. Je dus bientôt quitter le bac et me tenir juste à côté pour que Tiffany, elle me le fit comprendre, puisse agir seule, ouvrage qu'elle se plaisait à faire durer longtemps puis m'appelait, comme un couinement, toute petite plainte, pour que je l'aide à franchir l'obstacle de la paroi circulaire, lieu clos, comme enfoui, où le désir et l'impératif autoritaire de propreté n'excluaient pas le plaisir, une satisfaction rare. Les toilettes reprenaient de plus belle. Les mouillages, les embuscades et les abordages. Très vite elle grandit et je ne pouvais plus la porter dans ma gueule. Très vite elle apprit à escalader la paroi du bac au risque de tomber la tête la première dans le sable. Elle avait son coin. Et moi le mien. Ni vu ni connu, je la surveillais. Au moindre appel semi-fraternel, je surgissais. Très vite, dans l'appartement, elle apprit à mieux se cacher. Trop vite. Nous sommes si mignons quand nous sommes petits, ma petite mounonne, ma Tiffany. Trop vite, la vie? Les chats ont du sentiment. Tout dedans. Tout dans le regard. Un point, c'est tout.

Tiffany parlait peu de Mounette qui lui avait préféré ses quatre frères et sœurs rouquins, les mieux placés au ventre et pour les furtives minoucheries, en plein air puisque, une fois n'est pas coutume, Mounette avait choisi de mettre bas loin du lit de l'ogre et de garder toute sa portée, en révoltée. On dira, après, que les chattes ne savent pas compter et on prétendra qu'elles n'ont que de l'instinct. Pour Tiffany, Mounette avait préféré les rouquins. Elle en avait souffert, toujours la dernière de la file indienne, toujours un peu en retard, moins choyée et plus souillon, elle, si coquette de naissance. J'imagine un peu, je donne dans la reconstitution. Au seul nom de Mounette, Tiffany fermait les yeux et signalait un dépit furieux, une volonté de ne pas vouloir en parler, ce qui tôt ou tard la perdrait, toute contenue qu'elle était, à ne pas vouloir aborder le sujet. « Lèche-moi », murmurait-elle. Je la léchais. « Mieux que ça. » Je la mouillais. Elle me donnait déjà des ordres.

Tous les prétextes étaient bons, jusques et y compris les plus fallacieux. Notre relation était arrogante et sans aucune pitié, jamais. Auprès de Cahin-caha, d'Abel ou de tel visiteur, Tiffany se faisait passer pour la victime. Plus elle grandissait, plus nos combats ressemblaient à des étreintes, et ses cris rauques, qui étaient de plaisir, des cris venus du ventre, elle les mesurait pour faire croire, s'il y avait des témoins, qu'ils étaient de douleur ou de terreur. Elle était pourtant, et Abel pourrait en témoigner, la première à me provoquer si, de guerre lasse, je cessais de la suivre patte à patte, en la flairant. Ce qui parfois lui faisait faire des entrechats. L'histoire vraie? Elle est devenue mon bourreau. Pour les repas, je ne pouvais même plus prendre mon temps, goûter, me régaler. Elle achevait sa part en goinfre et, sitôt, venait dans mon auge. J'appris à l'écarter de la patte gauche tout comme j'apprendrais, plus tard, debout, à trois pattes, à lui flanquer des baffes avec la quatrième. Cahin-caha me traitait de « méchant » en secouant son tablier et ses odeurs humaines. Abel disait « laissez-les, c'est leur manière de s'aimer ». Il n'y a qu'une manière de s'aimer. A ce petit jeu qui consistait à se faire plaindre, Tiffany gagnera, de la part de Cahin-caha, quelques faveurs, entre femmes, des petits riens. Je boudais dans le bureau d'Abel et cela l'amusait. Tiffany, triomphante, bien vite et irrésistiblement revenait. Le cirque recommençait. C'est elle qui me cherchait. Tout le temps. Abel essayait vainement de l'attraper. Et s'il la cueillait endormie, elle bondissait en le griffant et l'égratignant aux mains, aux avant-bras et même au visage, une folie buissonnière. Tiffany était rancunière.

QUATORZE

A PARIS, le temps étiole. Tiffany me redonna de la vigueur, le sens du devoir et de la rébellion. Les rapports de forces sont toujours les mêmes, un couple excluant les autres, on y croit, on s'y cantonne, on s'y habitue, mais les rages d'origine, les douleurs de naissance et d'enfance, demeurent, les attachements autant que les rancœurs. Pour Cahin-caha, il se passait enfin quelque chose de « normal » dans la maison, même si, disait-elle en me regardant de manière oblique, je ne pouvais plus « faire des petits à la petite ». Pour Abel, l'air détaché et cependant toujours à nous surveiller, c'était effectivement le plaisir de nous voir ensemble comme si nous étions en train d'accomplir un de ses projets.

Je fis connaissance avec les parents d'Abel. La mère ne disait rien. Le père parlait un peu. Un chien répondant au nom de Pantalon était resté dans la voiture. Le père avait dit « les chats le rendent fou. Il les mangerait ». C'était un dimanche. Il faisait sale et gris. Tiffany s'était cachée dans le sommier d'un des lits de la chambre d'amis, un lit pour elle, un lit pour moi, en principe. Au coup de sonnette, elle avait dit « je ne suis là pour personne » et elle avait détalé. Abel avait préparé le thé sur la table de la salle à manger. Nappe, serviettes, assiettes à fleurs, fourchettes, trois tasses, le lait dans un petit pot en argent à col très étroit et, sur un plat, un kouglof, le gâteau préféré du père dont je savourerai quelques miettes ne serait-ce que pour contredire Abel qui affirmait que je ne mangeais que de la viande et refusais tout le reste. Bien sûr, d'un bond, j'avais fait irruption sur la table. La nappe avait un peu glissé sous mes pattounes. Le père avait dit « il a le droit? » Abel avait répondu « il est chez lui ». La table était ronde. Je fis le tour des convives. Ils avaient tant à se dire et ne se disaient rien. J'avais un rôle à jouer et me devais de les distraire. Ils se parleraient peut-être en me parlant. Je voulais voir les parents de près. Je fis un tour de table, délicatement, en posant mes pattes bien où il fallait, sans rien déranger. La mère, d'abord, qui me caressa vaguement avec un si lointain bonheur, il y avait dans son regard d'autres chats qu'elle avait aimés de son temps de jeune fille ou de petite fille, si douce au toucher et à la caresse, ç'avait été frappant. Une femme tout en tact et en silence. Abel, ensuite, qui venait de poser la théière sur la table, et à qui j'ai donné un coup, front contre front, le coup du bélier, comme pour me faire pardonner d'être monté. Le père, lui, me caressa plus hardiment, puis plus rien. Il regardait Abel, son fils. Il y avait dans son regard tant de questions qu'il aurait voulu poser et ne posait pas. Le thé était servi. Ils mangeaient le gâteau, coupé en quatre, la quatrième part était pour le père qui en reprendrait deux fois « bien que ça me soit formellement interdit par le docteur ». Mais aucune parole n'était véritablement échangée, et il ne me resta plus qu'à faire le pitre, en essayant de joindre le nécessaire à l'agréable. Je m'assis près du petit pot d'argent et trempai une première fois ma patte noire pour atteindre le niveau du lait, retirer ma patte et en lécher les coussinets. Cela les amusa. « Non, papa, laisse-le, tu vas voir », c'était délicieux. Une fois, deux fois, dix fois et à chaque fois, leur émerveillement, « quel chat savant », non, simplement gourmand. Je crois même que la mère a souri, faiblement, un sourire à peine ébauché, une perdition. Toujours pas un mot d'elle. Tous trois étaient médusés. J'étais devenu un joujou mécanique. Cela les occupa et leur permit d'éviter la douleur d'un silence qui les réunissait terriblement. Et moi, tout occupé à mettre la patte, à la retirer, à la lécher goulûment et à la remettre. Il fit plus sombre. Le père se leva « nous devons rentrer avant la nuit ». Abel les raccompagna jusqu'à la voiture. Tiffany sortit de sa cache « alors, ils sont comment? » « Tu n'avais qu'à être là! » « Tu as bu? » « Oui, j'ai bu. Et alors? » Les reproches, déjà.

Tiffany mentait effrontément. Elle criait à l'aigu si je l'attaquais. Si je me faisais gronder, elle avait une manière ironique de me dire ensuite « c'est bien fait » qui n'était pas sans, également, me flatter. Après tout, j'avais le beau rôle, le rôle du matou, même si elle agissait en tenancière de nous deux. Et gare aux longs moments où nous allions nous retrouver seul à seule, dans l'appartement. Elle savait alors devenir aussi câline qu'effrontée, aussi douce que tenace, et je succombais. Le cortège des mounons l'indifférait. Elle trouvait cela dégoûtant de changer aussi souvent de partenaire. J'avais beau tenter de lui expliquer qu'il s'agissait d'une autre quête, elle prenait des airs et, pour trancher net, me dit même un jour « Abel est pire que Mounette ». Comment pouvait-elle ainsi parler de notre mère? Elle n'aimait personne et ne me disait même pas qu'elle m'aimait. Des actes, rien que des actes. Elle se précipitait dans mes pattes et, si je la coursais, faisait volte-face, pour que je la plaque encore plus fort au sol. Lorsque je la mordais, elle me disait « vas-y, tu es mou », c'était décourageant. La présence d'un mounon avec Abel la rendait particulièrement nerveuse et déjà frémissante. J'étais alors tenu de m'occuper d'elle, d'exécuter. Je ne pouvais même plus scruter. Et si, épuisé, je m'endormais seul, dans un coin, pour le repos durement gagné, elle rampait, se glissait entre mes pattes, se lovait contre mon ventre et il fallait recommencer. C'était la reine des jeux d'ombres. Elle savait se mettre en valeur, en silhouette ou à contrejour. Elle se cabrait, s'étirait sur les pattes de devant ce qui avait pour effet de relever son derrière, ou bien encore elle faisait le gros dos, grand appel, poil hérissé, ou secret langoureux, poil soyeux. Elle avait déjà des formes alléchantes et de jour en jour devenait, celle, belle, dont j'avais rêvé. Ou pas exactement mais a-t-on jamais vu une chatte blonde?

Quelle vie! Etait-ce une nouvelle mise à l'épreuve? S'agissait-il d'une prolongation? D'une répétition? J'aurais tant voulu ne pas aborder le sujet d'une possible réincarnation, seconde, troisième ou énième vie avant ma vie de chat mais mon regard profond, rare et décisif, me trahissait et ne trompait pas Abel. Je revivais avec Tiffany ce que j'avais vécu avec tant de femmes : la tentation et le dépit, l'usage de la force physique et l'esclavage de l'amoureux déclaré.

J'ai rêvé que j'étais humain et que je portais mon père sur mes épaules, j'ai rêvé que j'étais gosse et qu'Abel me portait sur les siennes. J'ai rêvé que j'entrais dans un bois et qu'aucun oiseau ne s'envolait sur mon passage, la plume et le poil, je les frôlais, ils n'avaient plus peur, je n'existais plus. J'ai rêvé d'une fin de vie, seul, les amies et amis ne me rendaient plus visite ou ne me faisaient plus signe sous prétexte qu'on n'avait jamais rien pu me dire, que je ne voulais plus voir personne, tant et tant de prétextes par peur du texte vrai, pure et simple peur ou peut-être n'avais-je fait que les distraire, choquer ou amuser, un temps, et c'était la fin, je ne faisais plus que mettre de l'ordre chez moi et je ne me sentais bien que seul, est-il cruel de le noter?

J'ai rêvé d'une terrasse déserte, sous la pluie, au bord du lac Majeur, j'attendais quelqu'un et je ne savais plus qui. J'ai rêvé d'une barque, je ramais, ma mère était en face de moi, elle avait peur de chavirer. Elle avait les bras nus, une robe légère, le soleil s'était couché. Ma mère craignait que nous rentrions en retard et guettait le ponton, le sentier dans les orties. J'ai rêvé d'une valse avec elle et d'un père qui était heureux parce qu'aux repas on lui servait les premières asperges, les premières amandes fraîches, les premières framboises du jardin, des framboises blanches, si parfumées. J'ai rêvé ma vie. Quelle vie? J'étais intransigeant, exalté, moqueur, toujours insatisfait, foutu d'avance. J'ai rêvé de planeurs et de fjords. J'ai rêvé devant les armées de Xian et devant les stèles de Chine. J'ai rêvé d'endroits où je n'étais jamais allé, et de paysages que je n'avais jamais vus. Tiffany venait toujours interrompre mes rêves. Je m'occupais d'elle, même si je ne la léchais plus comme avant, j'essayais d'effacer mes rêves, taches, salissures, trahisons affectueuses. J'étais chat, et ç'était mieux ainsi. J'ai rêvé que j'étais Abel, que j'étais mort et qu'Abel n'avait plus qu'à écrire ma vie. Je lui tenais donc encore compagnie, après. Ou bien étais-je, en fait, entré en lui? Les amis ne faisaient pas la chaîne. Je ne me battais plus que pour tenir le coup et franchir le cap de chaque jour. Je n'avais plus de cerveau mais un grand trou à la place et une mémoire vivace, la mémoire du chat qui peut vivre mille fois. Tiffany était vraiment très exigeante, pour ne pas dire capricieuse. Les caprices m'ont toujours agacé. Il y eut des fêtes, le dimanche, dès que la nuit tombait et jusque tard le soir. Tiffany allait se planquer derrière le réfrigérateur. Moi, je prenais place sur les manteaux de fourrure, dans la chambre d'amis qui servait de vestiaire. « Mais où il est le chat? » Abel me brandissait devant tout le monde, par la queue, pour rire, ou dans ses bras, front contre front. « Et l'autre? » Abel disait « elle est sauvage » ou « elle est coquette » ou encore « elle se fait un raccord-fraîcheur et change de toilette ». Drôles de fêtes. Des thés. Portes ouvertes ça défilait. Beaucoup de monde à chaque fois. Comme une foule. L'appartement était envahi, des jeunes, des vieux, des célèbres, des divines, quelques femmes sublimes et même des stars, le tout sur fond de mounons. Du passage. Vers la fin de chaque fête Cahin-caha cessait de préparer du thé, guettait les derniers départs et quelques têtes connues pour son livre d'or et des autographes. Tiffany ne réapparaissait que lorsque tout le monde était parti. L'appartement avait l'air dévasté. Je crois qu'Abel éprouvait un plaisir prégnant et subtil, aussi fort que celui de recevoir, à tout remettre en place. Comme avant. Ivre de fatigue, tard dans la nuit, il allait se coucher. Dans l'ombre de l'entrée, Tiffany jouait les minettes et s'approchait de moi « alors, raconte ».

Je lui parlais des fourrures, des laines, des châles de soie et des manteaux d'alpaga. Je tombais de sommeil. Elle me pressait de questions. « Tu n'avais qu'à être là. » « Impossible, me répondit-elle, c'était la nuit d'un dimanche à un lundi, ils n'aiment pas Abel. » Elle l'aimait donc? Encore plus fort que moi? A la manière rebelle? J'ai rêvé qu'Abel était enfant. J'étais humain. Je le portais sur mes épaules. Nous entrions dans une forêt. A chaque fois, le rêve s'arrêtait là.

QUINZE

Un travail de déchiffrement. Je suis Tiffauges, mais Tiffauges ne sait pas qui est Tiffauges. J'aurais tant voulu pouvoir parler de moi comme d'un autre et d'Abel comme de moi mais les pages sont des miroirs sans tain et c'est toujours une autre histoire qui se déroule quand, en soi, le désir de livrer se noue de plus en plus fort. Il faut être vigilant, sans cesse revenir à la surface des pages et à leur apparence pourtant corrigée par tant et tant de transparences. La vraie nature de la livrée textuelle est là, mission impossible avec toujours des aventuriers et de cruels échecs si on ne donne pas dans la parade et la paillette, dans le reconnaissable et le résumable à quelques lignes comme si la vie était réductible à l'emploi des mots. A l'ouvrage, je comprends désormais mieux mon Abel. Un petit peu mieux. Pour un peu je ronronnerais volontiers. La présence de Tiffany eut pour effet de m'empêcher tout autant que de m'exalter. Abel se retrouva seul avec ses images, ses mirages et comme de la hargne à ne jamais vouloir, ou pouvoir, s'admettre et admettre. Nous étions trois. Chez lui. Chez nous. La présence de Tiffany eut pour effet de me faire redécouvrir le doute, cette incertitude, idée chère à Abel et dont j'aurais tant voulu ne pas avoir à subir les dilemmes encore une fois. Il y eut un nouveau bagage pour nous transporter ensemble, dans la maison du Sud, une valise haute et large, qui fermait à clef et dont le couvercle, grillagé, pouvait être recouvert d'une housse en faux cuir brun. J'eus du mal à expliquer à Tiffany, lors du premier voyage, pour le séjour des fêtes de fin d'année, qu'il ne fallait pas miauler ou se signaler mais le souvenir d'une certaine boîte à chaussures, en elle, l'emportait sur mes promesses et mes explications : le premier transport fut un enfer. Tiffany prenait des airs de tragédienne condamnée à je ne sais trop quel huis clos. « Jamais disait-elle, haletante, je ne lui pardonnerai ». Les situations difficiles ont la vertu de révéler les intentions. Comment être sincère et le paraître? Comment faire pour que l'aveu ne soit pas pris pour une rancune? Les chats ont de la morale, ne serait-ce qu'une vague sagesse de revenants. Les rapports entre Citronnelle et Tiffany furent désastreux. Citronnelle la trouvait « vilaine » et « inutile ». Le « un seul suffisait » revint, un refrain de chansonnette. La voisine d'en face, comme on le sait, surnomma Tiffany « petite Fanny ». Les voisines de droite et de gauche refusaient, désormais, le bonjour à Abel, à cause des tuiles du toit. Tiffany découvrit le feu dans la cheminée et le flip-flap de la chatière mais elle mit du temps à accepter de donner le petit coup de tête qu'il fallait pour oser sortir. Elle trouva que les toits étaient bien décevants et qu'il n'y avait pas ces fameux buissons qu'elle avait connus, elle, et pas moi. Toujours à me narguer. Toujours à se plaindre. Plus elle me fâchait plus je la trouvais belle. Comme elle fuyait obstinément notre maître, c'est près de lui et contre sa Valentine que je me réfugiais et pouvais enfin prendre quelque repos. Habituel paradoxe, Tiffany se mit à donner des leçons « nous ne sommes tout de même pas du genre chat qui succombe à la moindre caresse » ou « plus nous nous refuserons, plus il nous aimera » ou encore « je te défends d'être triste quand il est triste et de te réjouir quand il est gai ». Des interdictions? Elle? Et lui, toujours à essayer de l'attraper. « Il veut simplement te caresser. » « Je ne veux pas qu'il me touche. » Abel reçut, du Maroc, une carte de vœux de Barbara avec en post-scriptum « Pour Tiffauges, dis-lui que je l'aime et que je suis jalouse de Tiffany. Comment est-elle? Belle? » Toujours les mêmes histoires. Je me mis à redouter mes rêves.

L'image d'un doux souvenir vient de s'offrir à ma pensée. Sitôt venue sitôt effacée, pas même le temps de la capter pour l'enfermer ici, dans des mots, bien à la ligne, et de la dire. Ainsi, le souvenir de Tiffany est à la fois permanent et passager, la petite fugace m'échappe. Je la vois en flou, terriblement fuyante et obstinément présente. Et moi, le fou des deux, prisonnier de mon attachement, pionnier de mes rêves, égoïstement. Tant d'images et tant de souvenirs. Tiffany me fuit encore. Tiffany nous fuyait. Abel fumait cigarette sur cigarette : les coudes posés de chaque côté de Valentine, il réfléchissait. C'était pour lui aussi important que d'écrire. La cigarette? Un geste mécanique. Et pour moi, souvent, l'asphyxie. Il n'avalait pas la fumée, c'était pour le geste seulement mais nous la respirions, tant de mégots pour tant de pages. Alors j'allais rejoindre Tiffany. Elle me disait « tu vois, il est infect ». D'où lui venait ce sens des mots? Pourquoi, mélancolique, ombrageux, Abel courait-il, au fil des pages, clope aux lèvres, après le souvenir d'un monde où les autres ne vous reprocheraient pas la rancune qu'ils inspirent? Comme si ce monde avait existé, quoi de plus bipède ou humain? Tout fâchait tout le monde, même et surtout la probité. Dédicaçant le roman qu'il avait écrit lors du séjour avec Barbara, il avait écrit, *pour X, ami rare et décisif. La vie continue.* Signé : *Abel.* Quoi de plus beau pour l'amitié que la rareté et la capacité de décider? L'ami X s'était fâché parce qu'il avait lu dans l'*ami rare* comme un reproche. Il avait renvoyé le livre. Abel dépité ne comprenait plus. Et moi non plus. Plus du tout ou trop bien, idem. Et puis quel genre de vie Tiffany avait-elle vécue? Combien de fois me suis-je entendu dire « ce chat, il ne lui manque que la parole ». Qu'en faisaient-ils de cette parole, eux?

Abel avait le regard de quelqu'un d'encerclé. Parfois, je me surprenais à guetter autour de lui ce qui pouvait le menacer. C'était bien là une réaction de chat, toujours sur le qui-vive. Il donnait trop et la réponse, en retour, était faible, mais réponse il y avait. Toujours à la limite de ses forces, Abel m'était fraternel et compagnon, et il m'était peut-être donné par lui, toujours la même supposition d'un retour à la vie, d'une revenue au royaume des humains, de contempler et revivre ce que j'avais vécu, l'innocence et la tyrannie de l'attente, la douceur quand elle devient suspecte et le désir de partager, sarcasme de plus. Abel était un ignoble personnage, une vraie personne, avec des défauts gros comme des coups de cœur. Tiffany disait « avec moi ça ne marche pas ». Sans doute avait-elle été demi-mondaine. Ou accusée de meurtre. Un meurtre passionnel? Qui de Barbara ou d'Abel avait dit à l'autre après la lecture à voix haute d'un chapitre du roman ou la surprise et soumission d'une illustration pour le livre dit d'enfants, « c'est trop bien, tu ne trouves pas qu'on devrait esquinter »? Tiffany me dira à propos de cette remarque quand je l'interrogerai « aucune circonstance atténuante, ils n'avaient qu'à faire le moche qu'il faut, tout de suite. Pourquoi se croient-ils mieux? Eux? » Devant tant d'aplomb je n'avais plus qu'à me taire, contenant mes désirs et souvenirs, à la lécher en attendant le grand jour où je pourrais enfin la prendre dans mes pattes et la satisfaire pour de vrai. De ces satisfactions éphémères qui semblent guider et dicter le monde. « Et en plus, tu les plains? » me reprochait Tiffany. Je ne répondais pas. Je m'occupais d'elle, c'est tout. Tant de silences forcés, en moi, m'encerclaient. Je me sentais plus proche d'Abel que jamais.

Plus j'avance ici, à ces lignes, plus je recule. A-t-on jamais vu un chat marcher à reculons? Oui, devant une proie. Il mesure alors très exactement la distance qui le sépare de l'exploit et du combat, si celui-ci est possible. Il évalue le danger quand le tissu du texte, pléonasme voulu, est périlleux, autant de virgules autant d'épineux, autant de mots autant de ronces, autant de phrases autant de rêves en pure perte, paradis perdus. Il faudrait s'en tenir à l'impure et simple narration, avoir la couardise de ne faire aucun commentaire et se taire comme je me suis tu avec Tiffany. Il y a plaisir à se taire, force est de l'avouer. Alors on s'approprie l'autre. On se croit propriétaire. La vision qu'Abel avait de l'humanité était patibulaire. Je ne suis pas tombé chez lui par hasard. « Et tu le défends! » me lançait Tiffany à tout propos. Ce désespoir me parlait. Inespérément. Fin de chapitre. Je suis Tiffauges. J'écris. Il n'y a pas de fiction. Je ne joue plus. Je m'écris. Quand on s'écrit, on crie. Pour les autres. Ce n'est même pas du courage puisqu'on n'a plus le choix.

SEIZE

DANS la malle à chats, sous le couvercle grillagé et calfeutré, dans cette nuit d'un voyage abstrait qui allait nous rendre à l'appartement du quai et à sa moquette spéciale pattounettes, Tiffany dans un coin, et moi dans l'autre en diagonale, je fis le rêve d'un crime parfait dont j'étais à la fois l'instigateur et la victime et qui devait s'achever par ma mort, au réveil. Mais au réveil, à la gare, brouhaha, j'étais sauf et, si je fis un effort pour me souvenir de la mécanique du rêve et du stratagème conçu par le songe, rien ne vint. Tiffany commença à s'agiter. Nous tombâmes sur un chauffeur de taxi grincheux qui nous fourgua dans le coffre de sa voiture. Dès que délivrés dans l'appartement, l'appel de la nourriture et la nécessité des petits besoins, après Tiffany, chacun son tour, me retenir sans surtout se montrer pour ne pas la froisser, me firent oublier la tragique promesse du rêve et la nature exacte de l'organisation funèbre. Je l'avais échappé belle. Tiffany profita de mon inattention pour se jeter dans mon plat et dévorer ma part. « Tant pis pour toi, tu n'as qu'à faire attention. » J'étais pourtant un gros chat. Beaucoup plus gros qu'elle, j'aurais dû lui faire peur, fils d'un ogre et frère d'un géant. Abel disait volontiers de moi que j'étais le seul chat à avoir lu *L'Être et le Néant* du début à la fin.

L'ironie est funèbre. La vie, c'est le suprême abus. Ce n'est pas parce qu'on change de registre ou d'instrument que la voix change, rien d'universel à cela. Tout passerait par l'individuel dans la résignation, la constatation et l'apaisement. Ma seule consolation était que tant que je serais sur cette terre, venant, revenant, venu, revenu, le souvenir des moments de vie, frénésie, emportement, accaparement, contemplation, l'emporterait toujours sur le malheur et l'ironie de celles et ceux qui flagornent, font comme si, et continuent à jouer le jeu des tabous, des mises à l'écart et des ruptures d'avec celles et ceux qui ont l'arrogance de croire à l'échange. J'aimais Tiffany pour son label rebelle et Abel pour sa mélancolie. Je me figurais dodu, repu, énorme et grandement silencieux, une stupéfiante émotion rentrée. Je voulais être mon propre tombeau, lieu de silence et de refus de tous les abus. « Tu vois bien » disait Tiffany « qu'il ne pourra jamais partager sa vie avec qui que ce soit. Nous sommes ses pantins. En plus, tu joues son jeu. Partons! » Je répondais « pour où? » Elle se taisait. J'insistais « comment fuir? » C'est beau l'enthousiasme mais point trop n'en faut ou alors on risque le ridicule et, au-delà, cette mélancolie qui était la marque, la tare et la force d'Abel. Les chats, aussi, ont de la mélancolie. Si j'y réfléchis un peu, rien ne ressemblait plus à un refus d'Abel qu'un refus de Tiffany. La même hargne?

Puis Tiffany fut femme. Elle eut ses premiers émois. Cahin-caha se moquait d'elle « c'est l'heure de vérité, tu ne risques pas grand-chose, ma petite ». Il fit clair de lune sur les quais. Tiffany s'approchait de moi, la queue raide et frémissante. Elle me soufflait dessus comme si j'avais été ennemi ou inconnu, se roulait par terre, galipettes obscènes et s'enfuyait instantanément pour revenir vite, titubante, ivre de je sais très bien quelle promesse, et le petit jeu recommençait. Jusqu'à la nuit de pleine lune où, n'en pouvant plus de désir, je me suis jeté sur elle. La diablesse se débattait mais c'était ce qu'elle voulait. Je fis avec elle ce qu'Abel faisait avec ses mounons mais si j'arrivais à la pénétrer je n'obtenais aucune satisfaction. Tiffany ne fut pas discrète et, alerté, Abel nous prit en flagrant délit, elle jouant les victimes et moi l'air penaud. Abel vint alors me caresser « t'en fais pas mon vieux ». J'étais devenu son « vieux »? Tiffany comprit vite et se moqua de moi. Abel l'emmena chez le vétérinaire. On l'opéra. Elle n'aurait jamais d'enfants. Ma première pensée fut que nous étions désormais à égalité, c'est subtil, nature même de la cruauté quel que soit le contexte, et cependant j'y ai pensé : Abel nous imposait-il la stérilité de ses amours? Thème du ballet : Pierrot fâché avec la lune, représentation unique pour une vie entière, salle vide.

Plaisir délicieux, toujours nouveau, d'une mission inutile : j'eus à m'occuper d'une convalescente qui ne savait pas très bien ce qui venait de lui arriver. Cahin-caha disait « te voilà fixée! » Tiffany ne comprenait pas. Qui donc dira devant elle, doctement, « mais il fallait la faire porter au moins une fois. Maintenant, elle t'en voudra toujours. Surtout une tigrée ». Tiffany, cette fois, comprendra et m'en voudra plus encore de n'avoir pas été « à la hauteur de la situation ». C'était devenu son expression favorite. Elle souffrait. Comment lui expliquer que je souffrais également et qu'il y avait comme une douceur dans cette fatalité? Douceur ou douleur, les mots flanchent. Une fois seulement, elle avait encore son pansement, elle me dira « j'aurais tant voulu des chatons de toi ». Comment définir le plaisir délicieux et toujours nouveau d'une mission inutile? Rien de sentimental ou de futile, voici le sentiment à l'état brut et le senti ne ment pas forcément. C'est du vécu. Alors je lui ai menti, fort de l'idée que le mensonge n'était qu'une autre manière de dire la vérité et, en la consolant, je me consolais. Je lui disais que nous irions sur le lac Majeur, que je ramerais, qu'elle aurait un canotier et plein de chatons ceints de bouées autour d'elle. Mais elle me demandait si les chatons seraient comme elle, tigrés, ou comme moi, noir et blanc. « Tous comme toi, ma moune. » Elle ne croyait pas à mes histoires. C'était dur quand Cahin-caha, le matin, se moquait d'elle et de son pansement « il est sale, tu pourrais faire attention ». Je lui racontais qu'un jour nous aurions des buissons rien qu'à nous mais elle ne me croyait pas. « Raconte-moi des histoires vraies » me disait-elle, « si au moins tu avais pu faire ce que tu avais à faire, en temps voulu. Avant. Et maintenant? Que sommes-nous, maintenant? » On lui retira le pansement et les points de suture. Le vétérinaire avait rasé le poil à l'endroit de la plaie, peau rose. « Hou, qu'elle est vilaine » disait Cahin-caha. J'essayais de m'approcher de Tiffany « ça repoussera, tu sais ». « Laisse-moi tranquille. » Nous nous partageâmes le territoire de l'appartement, elle prit la salle à manger, le salon et la chambre d'amis, je pris le bureau. Je regardais couler la Seine. Les pigeons ne venaient plus sur le balcon. Abel partit en voyage. Un long temps. Le courrier s'amoncelait sur son bureau. Le téléphone sonnait souvent. Je ne voyais Tiffany qu'aux repas. C'était la course de vitesse à chaque fois. Elle me dit, une fois, furtivement « pourvu que ton géant de malheur ne revienne jamais ». Je ne meurs pas parce que j'écris. Je suis mort en fait. Pan! Quelqu'un a « fait une cartouche » un jour, sur moi, pour le plaisir du tir, un chasseur, à défaut de gibier. On verra. Plus tard. Plus loin. Bien sûr, ce sera la fin. Alors, je ne vivrai plus du tout parce que je n'écrirai plus.

J'éprouvais un plaisir certain à ne plus avoir à secourir Tiffany et à subir ses bouderies. Je savais qu'Abel reviendrait et ne souhaitais pas le perdre. Il revint. Tiffany, à son salut du retour, détala et se vengea sur les plantes, grimpa dans l'arbre du bureau, il y eut toutes sortes de dégâts, en quelques minutes dans l'appartement comme si elle avait exécuté un plan mûrement réfléchi. Abel ne la gronda pas. « C'est de la joie » me dit-il en passant le monstre-aspirateur. Après seulement, j'eus droit à des caresses, mon bout de museau frais sur son bout de nez, dans ses bras, vrai face-à-face « comment ça c'est passé? » Il comprit à mon regard qu'il y avait eu des problèmes et me posa à terre près de la valise et de ses sacs contre lesquels je me frottai le flanc d'un côté, le flanc de l'autre, donnant des coups de tête, ça l'amusait. Il était heureux de me revoir. Il me fit le grand jeu, presque à mon niveau, à quatre pattes, caresses vigoureuses qui partaient de derrière les oreilles pour finir en croupe par des petites tapes de plus en plus fortes, ce que j'aimais le plus, presque des coups. Et moi, la queue raide, bien verticale, en redemandant. Puis il me tapa les flancs, comme un chien, ou un cheval : il était revenu. Il défit sa valise. Dans le couloir de la cuisine je croisai Tiffany, la queue basse. Elle me jeta un « traître! » et alla se cacher dans le sommier de son lit de la chambre d'amis. Nous ne ferions jamais la paix. C'était donc ça la vie, la vie de couple?

DIX-SEPT

QU'ELLE était belle, endormie. L'ironie ne devrait pas cacher la poésie. La bonté rend les autres méchants, la probité les rend furieux, ils ont tant de comptes à régler avec eux-mêmes. Je n'avais plus qu'à tuer le temps et à m'abandonner au plaisir d'interminables toilettes me léchant, reléchant, ne me pourléchant plus, les menus étant toujours identiques, Tiffany dans son coin, moi dans le mien, cela durera des années et Abel toujours en proie aux mêmes rêves et aux mêmes déceptions. Le cliquetis de Valentine me rassurait : il travaillait, je dormais. En finir, je ne pensais qu'à ça. Mais les petits riens du quotidien me rattachaient à la vie, la chute d'Abel également, intransigeant donc perdu, amoureux de la vie et amant de la mort, ténébreux, arrogant en apparence. Pour me réconcilier, contre toute attente tenir, j'allais contempler ma moune, ma Tiffany, qu'elle était belle, endormie.

J'avais une mission à accomplir auprès d'Abel et ce, sans pouvoir crier gare ou casse-cou, alors tout devenait plus difficile et captivant. Abel n'écoutait jamais de la musique en travaillant. Ou il travaillait, ou il écoutait de la musique. Je m'approchais de lui et je me laissais attraper et porter tant par la musique que par les caresses. Tiffany s'approchait. Mais l'obstinée tenait ses distances, le moindre regard la faisait déguerpir. Je l'observais donc d'un œil, bien posée sur les pattes avant, le poil avait repoussé, elle était idéale et tenait parfaitement son rôle, rêvant aux caresses dont j'étais le récipiendaire, chavirant parfois comme si elle allait s'assoupir, debout, était-ce l'effet de la musique ou celui de la jalousie? Un couple demeure ce qu'il est au départ, une promesse, un étourdissement, et un malentendu. Les années peuvent passer, ce sont toujours les mêmes querelles de territoire, les mêmes silences tumultueux qui unissent, désunissent et réunissent bon an mal an. Tiffany, parfois, me reprochait de « prendre le parti du géant ». Je ne me suis jamais hasardé à tenter de lui expliquer que tout cela était aussi, également, l'effet de son attitude, de son vouloir et de son scénario. Les années passeraient. Rien n'y ferait. Je bénéficiais d'une mise à l'écart, d'une possibilité de repos, tout entier livré à l'observation du maître qui, lui aussi, ne changerait pas, acharné qu'il était à ne pas transiger, rivé à son bureau, attaché à la page et, somme toute, indifférent à ma personne. S'il avait besoin de moi, j'étais là. Si Tiffany, malgré tout, désirait du plaisir, guilleret dans l'instant je le lui donnais. Je faisais comme si. Nous faisions comme si. Nulle tristesse à cela mais le constat. Les forêts de ma tête devinrent extraordinairement calmes. Parfois un rêve affolait ma faune intérieure. Mais c'étaient de mauvais rêves parce que chacun voulait la mort de l'autre. La lutte pour la vie? L'instinct? Et autres évidences?

Nous n'eûmes plus aucune nouvelle de Barbara. Ce fut la fin du printemps. Il y eut l'été dans la maison du Sud. Les rapports avec Citronnelle furent inchangés. Le mépris a ceci de commun avec l'affection : la permanence. Pendant tout l'été Tiffany se plaignit de la chaleur et passa ses journées dans l'évier. Moi, sans rien dire, dans la baignoire vide, je trouvais un peu de fraîcheur. Quand Abel prenait son bain, pour l'amuser, je faisais le saltimbanque sur le rebord ou je lapais l'eau. Il était fier de moi. Tiffany allait peu sur les toits, une bestiole l'avait piquée. Elle avait décrété « c'est une année à guêpes! » J'ai joué, un soir, avec un scorpion noir. J'ai même mangé une libellule, ce qui me donna la nausée, yeux globuleux, ailes transparentes et nervurées, du cru, alors que je n'aimais que le cuit. Je faillis m'étouffer. Commentaires d'Abel « cela te servira de leçon ». Pour Tiffany « tu n'es pas assez cruel ». Quel festin ridicule. Elle mangea des lézards. Des petits. « Tu vois, moi, tout passe. » La plaque *attention, chat fugueur*, sur la porte d'entrée, resta au singulier. Je fis une fugue un jour où Abel revenait du marché avec de bonnes boîtes, et plusieurs paniers, entre deux aller et retour, inadvertance, porte entrouverte, Tiffany me disait « vas-y, si tu es un mec », j'y suis allé. La rue. Les granges. Les toiles d'araignées. Abel m'appelant. Un chien noir, qui m'en voulait à mort, pour finalement, de cache en cache, terrifié, me laisser cueillir par Abel. Aucune remontrance. Seule primait pour lui la joie des retrouvailles. La porte refermée, j'eus droit à un repas pour moi tout seul. De l'eau, un petit pipi, un brin de toilette et sitôt le calme revenu, comme avant, Tiffany s'approchant « alors, raconte ». Je lui ai raconté des horreurs. Le chien surtout. Elle tremblait. La peur éveilla en elle un désir « prends-moi ». Je la pris. En mec, j'étais sorti! Pas elle. J'avais vu. Pas elle. « Il y avait des buissons? » « Non. » « Alors, tu n'as pas vu Mounette et les rouquins? » Je lui mordis la nuque un peu plus fort que d'habitude. Elle poussa un cri de bataille, se dégagea et alla bouder ailleurs. Je ne supporte pas les femelles qui parlent, pendant. Je me réfugiai sur le bureau d'Abel. Il me dit, sans reproche, « qu'est-ce que tu lui as fait, encore? » Je me suis senti froissé et je suis allé très loin, sur les toits, bien plus loin que chez les voisines, à l'autre bout de mon monde. De là, je vis le chien noir s'attaquer à une vieille dame, noire comme lui, qui brandissait son parapluie pour se défendre. Ce poste devint mon mirador. J'y appris un peu de la vie du village, qui allait avec qui, qui n'aimait pas qui et surtout qui avait peur de quoi. Abel garait sa voiture blanche un peu plus bas, entre les platanes. De ce point sublime, après c'était le vide, je l'attendrais la nuit durant et même parfois jusqu'au petit jour. Où allait-il? Comme Mounette, cherchait-il l'amour fou? J'étais là pour ses retours. Il murmurait « veux-tu rentrer ». Un galop sur les tuiles, tant pis pour la voisine de droite, la plus mesquine des deux, je commençais à peser mon poids, flip-flap, réveil en sursaut de Tiffany, et j'étais là, derrière la porte, dès qu'il entrait. Un exploit.

Au jour le jour, vaincre chaque jour et taire en soi les interrogations ou alors courir le risque du carambolage de l'être et du temps. Je pris, cet été-là, le parti de ne plus être que moi-même, chat tout entier, attaché à ses muettes et hautes surveillances, à ses repas, à son confort, à son sommeil. Pour ce faire, je pris modèle sur Tiffany car elle avait de la hargne et nulle haine, juste le souvenir d'un paradis perdu, pas le Paradis perdu, avec la majuscule d'une certaine religion car de croyance nous n'avons pas, même si nous en eûmes et même si nous fûmes vénérés, un seul dogme-chat, *être soi*. Je devins le matou langoureux, sommeillant, veillant, cependant, agréablement perdu dans son propre poil, toujours à la lisière de mes rêves féroces et cruellement animaux, à la disposition de l'une, ma moune, ma tigrée, pour des étreintes factices relativement plaisantes, et de l'autre, mon frappeur de Valentine, mon géant qui avait posé nu dans les magazines et qui courait après les fictions de je ne sais quelles familles, de sang ou de sexe, pour d'interminables conversations, ses soliloques, je ne pouvais pas répondre, il le savait, il continuait. Il me disait tout. Tout ce qui n'avait pas d'importance et qui aurait pu en avoir, ici, à ces lignes, si écrire n'était que de l'écrit, épatante reproduction. Moi aussi je verse dans l'écriture, cette blessure. Plus je traite le sujet, moi, je, Tiffauges, plus je m'en éloigne. Plus j'entre dans la forêt et plus je me tiens en lisière.

J'étais résolu à ne plus vivre que pour le seul jour à venir, le lendemain. Une fois seulement Tiffany me dit « qu'est-ce qui te prend, tu n'es plus comme avant? » Abel aussi me trouvait désenchanté. Il murmura « l'ogre a eu tort, Tiffany, c'est pas la joie », mais il se parlait à lui-même. L'aveu ne m'avait pas été adressé et avait été dit sur le même ton que le rituel « Abel s'est tué ».

Le soir, au coucher du soleil, les martinets tournoyaient autour des toits et leurs cris stridents me faisaient l'effet d'une valse, comme si j'avais dansé, un jour, avec quelqu'un d'aimé, sous le regard de quelqu'un de jaloux. Les hirondelles tinrent leurs premières conférences de départ, bien alignées, sur les fils électriques, le long de la route, en bas, dans la plaine. C'était la fin de l'été. Citronnelle cassa une assiette en l'essuyant. Elle voulait au moins un drame. Il n'y en eut pas. Il n'y en aurait pas. C'est risqué de vivre ainsi.

DIX-HUIT

TOUT cela devrait nous aider à faire tant la part des choses que la part des êtres, écrire sur le vif ne donne rien. Ou alors un spectacle, la paillette et le strass. J'écris très difficilement, très lentement. Tout ne peut pas être dit, ou alors, on fait semblant, on fait comme si, on donne dans l'épatant pour la galerie. A l'automne, il fut bon de retrouver ma place sur le banc, dans le bureau, devant la porte-fenêtre, vue imprenable sur le balcon et les quais. Tiffany vivait sa vie dans son coin. Je vivais la mienne, au fil des jours, libre, dans des rêves que plus rien ni personne ne secouait, le calme plat. Pourquoi faut-il ajouter l'adjectif *plat* pour dire du calme qu'il est calme? Le calme dont je jouissais était plutôt plein que plat. Tempête il y aurait : tempête il y eut. Abel fit un long voyage, des vacances pour nous, après avoir porté le manuscrit de son nouveau roman à un autre éditeur, mais je n'ai jamais compris les rapports qu'il pouvait avoir avec cette autre famille humaine, il tanguait avec elle, c'est tout. Je ne ferai aucun commentaire. C'était « l'année de la femme ». Cahin-caha eut le malheur d'en parler devant Tiffany qui, en plus, se mit à prendre des airs de militante quand, par extraordinaire, je lui cédais le pas dans le couloir de la cuisine. Puis Abel revint de voyage, il y eut une fête, un dimanche, les portes claquèrent, les gens se fâchaient, altercations, il était question de *la condition de l'écrivain* et, le dimanche suivant, assis autour de la table de la salle à manger et du plateau amovible de grand diamètre, fauteuils de camping, papiers, crayons, cendriers, un premier rang, un second rang, deux cercles et du monde partout, assis, debout, chacun essayant de parler plus fort que l'autre, harangues, états d'âme, professions de foi, j'avais déjà connu cela mais où et quand et pourquoi, le bel élan premier, on décide de, on s'unit pour, on va se faire respecter, je fus élu *Chat d'Honneur du Syndicat des Ecrivains de langue française*, à l'unanimité moins une voix, celle d'Abel qui était allé chercher des bouteilles d'eau à la cuisine. A cette époque-là, cette semaine-là d'avant la réunion de rédaction d'un *Collectif pour un Syndicat*, un mounon était venu un soir, revenu le lendemain et le surlendemain. Nous n'étions plus trois mais quatre. Il s'appelait Sam. Abel, plus tard, le nommera Rupture N° 2, N° 2 qui, comme par hasard, prit mon lit, dans la chambre d'amis, et s'entendit presque à merveille avec Tiffany. Il peut l'attraper, lui. C'était un étudiant en médecine. Il se passionnait pour la psychiatrie et faisait état de savantes théories sur les rapports sadiques des maîtres avec leurs animaux domestiques. Il avait décidé de « guérir Tiffany ». Voici que le récit prend corps, il y a de l'action. C'est désolant d'en arriver là, mon calme plat était plein, j'avais des jungles à raconter et des forêts inviolées à explorer. Un sphinx déridé et capricant n'en demeure pas moins un sphinx. Capricant? Le mot a du rythme : inégal, saccadé, sautillant.

Le vif de la vie m'avait été retiré. La solitude m'était devenue bénéfique. Ainsi que l'accomplissement rituel de tant de petits riens, faits et gestes du quotidien, qui ont du sacré et de la puissance. Mais des peurs se profilaient. On ne peut jamais vivre la fin à laquelle on avait pensé. Quand on voit le danger, c'est trop tard, même et surtout s'il a un beau visage chargé d'histoires orientales et un regard souriant et captif. De N° 1, je ne savais pas grand-chose ou, par bribes, aveux glanés ci et là, notamment le jour où l'ogre était venu avec Mister Détresse, qu'après être tombé dans le piège d'un autre, et de son corps, ce réceptacle, après avoir trébuché et s'être étalé de tout son long, Abel s'était demandé s'il se relèverait un jour. Ça lui était arrivé à trente et un ans, déjà sur le tard. « Tant mieux, disait-il, pour ce genre amoureux, folie d'un courtisan, mieux vaut tard ou mieux encore, jamais ». Sur un petit carton, bien en évidence dans la bibliothèque, il avait écrit cette citation de Guy de Pourtalès, *on ne se remet jamais d'un amour flétri.* La disparition du petit carton marqua l'arrivée de N° 2 qui se présentait en studieux et en jeune, beaucoup plus jeune, presque un reproche « qu'est-ce que tu veux, j'ai quinze ans de moins que toi » ou « pourquoi veux-tu que je comprenne si vite : tu as quinze ans de plus que moi ». Dès le début, un faux pas, et pourtant, entre eux, des moments d'émerveillement, de ferveur, qui me faisaient baisser les yeux et que Tiffany, peut-être jalouse, mais je ne connais pas les règles de composition du quatuor, trouvait « indécents ».

Pendant les réunions du syndicat, et Cahin-caha, au poste dans sa loge, comme pour les fêtes du dimanche mettait la pancarte indiquant l'étage et levait même, parfois, pour rire, le poing, au passage des habitués en chantant *L'Internationale*, N° 2 travaillait dans la chambre d'amis. Il répétait ses cours, préparait des examens qu'il passerait un à un, haut la main. Tiffany, de son lit, le surveillait. Parfois, il se couchait près d'elle, la caressait et la garce se laissait faire. Ils avaient des revanches en commun : ils ne s'admettaient pas tels qu'ils étaient. Les réunions, deux par semaine, s'achevaient dans la cuisine. La présidente du syndicat, femme oblige, année de la femme, parlait psychanalyse et affirmait, la voix gouailleuse, « ce syndicat, c'est mon mec ». N° 2, devant elle, badait, bouche bée. Elle l'épatait. Ou bien jouait-elle encore le rôle sanglant de la mère? Abel, lui, faisait la cuisine après avoir fait le ménage. J'avais faim. Il régnait dans l'appartement une atmosphère d'insurrection. Abel passait ses nuits à coller des enveloppes et à recopier des adresses. N° 2 et lui faisaient chambre ensemble, un moment, porte fermée. Puis ils faisaient chambre à part, N° 2 regagnait son lit et le foutoir de vêtements sales autour. Abel revenait au bureau. Quand il se mettait à remplir son stylo ou à tailler ses crayons, c'était la fin, tout était rangé, impeccable, comme avant l'ouragan, j'avais alors droit à une bise sur le haut de la tête, très exactement entre les deux oreilles. C'était plaisant. Et à n'y plus rien comprendre. Touchant. Foutu.

La vie n'est-elle donc qu'une peine de mort, le début de la fin dès le début? L'amour, conciliant, réconciliant, réunissant, n'existe-t-il qu'en creux? J'aimais plus que la vie, je l'aimais à la passion. Cette passion toujours frôlante, tulles, mousselines et taffetas de la mort, robe de cette grande dame pour la dernière danse, quand on ne peut plus croiser un seul regard. Force est d'avouer que je me suis brusquement senti au bord du gouffre. Un jour Abel écrira, *l'amour n'existe que par omission à la charge des mots*. Ce sera trop tard. C'est toujours trop tard quand on commence à comprendre : les grilles ont été refermées, il faut escalader au risque des piques et des hallebardes. Lorsqu'il me lira cette phrase à voix haute, au détour d'un chapitre, je ne penserai même pas qu'elle venait de moi mais d'un autre, encore un autre, toujours un autre, d'avant, d'avant moi ou d'avant tous les vivants, perpétuelle répétition de l'identique sujet humain. Chacune et chacun venaient aux réunions pour elle et lui seuls. Autour de la table, il n'y avait pas vraiment de repas ou de débat même s'il y avait une cause, mais chaque membre y allait de sa propre expérience, de ses rancœurs et de ses illusions perdues. Et moi, Chat d'Honneur, au milieu de la table, impassible, j'assistais à ces joutes, chacun essayant de prendre le pouvoir pour le plaisir du pouvoir et de la rivalité, oubliant l'élan premier, plus soucieux déjà de l'adversité, des ennemis déclarés et, parmi eux, tant d'autres écrivains habitués à la douillette opposition, au systématique et confortable « non » à toute initiative. Chacun rêvait de chacun, autour de la table. Un soir, la présidente en titre s'était lancée dans une vaillante mise au point, quelqu'un, un vieux poète au regard ultramarin, posa sur ma tête un crayon, bien dans l'axe, au milieu et j'ai fermé les yeux pour me concentrer car tous me regardaient. Le crayon ne tombait pas. Plus personne n'écoutait la présidente. Tout s'acheva dans un éclat de rire. La présidente se fâcha. « Tiffauges, va-t'en! »

Cahin-caha faisait le compte de ses heures de ménage. Elle n'aimait pas N° 2 à cause du désordre. N° 2 ne l'aimait pas parce qu'elle régentait. Tiffany faisait peu de progrès. La présidente du syndicat prétendait qu'Abel était cruel avec elle et lui enfonçait des pointes Bic dans l'anus. N° 2 allait, venait, revenait, repartait. Le mensonge, c'était « je vais dîner chez mes parents ». Abel était anxieux, doublement tenu. Il n'était pas dupe mais il y croyait, curieux mélange de doute et d'exaltation. Dès qu'il parlait, les autres souriaient. Même N° 2 souriait. Chacun dans son coin. Chacun pour soi. Il y eut l'hiver, un bref séjour dans la maison du Sud avec N° 2 qui préparait un examen, quelle boulimie d'examens, il voulait tout, tout de suite, être reçu. Abel, tant bien que mal, écrivait un roman qu'il annonçait « roman pour rien » ou « roman mort-né ». Ensuite, les réunions eurent lieu ailleurs. N° 2 rentra très tard, un soir. Abel avait déposé sur l'oreiller de son lit dans la chambre d'amis un petit mot avec simplement *es-tu rentré les lèvres douces?* Le nouveau roman chez le nouvel éditeur fut un fiasco. Ce fut la fin de tout et le début du printemps. Plus de N° 2. « Il n'avait pas sa place ici », dira Cahin-caha. Plus de réunions de syndicat. « La cause était perdue d'avance » dira un visiteur. Plus d'éditeur. Et un Abel qui pour la seconde fois venait de trébucher. Nous partîmes pour la maison du Sud. Le voyage fut particulièrement silencieux et Citronnelle, à l'arrivée, particulièrement parfumée. Abel avait des absences, des palpitations, comme des évanouissements. Je crois que, la nuit, il pleurait, le front contre Valentine. Jamais devant moi. Mais a-t-on jamais vu un écrivain pleurer? Moi, roi des toits, je repris mon poste. Le chien noir mordait les passants. Les hirondelles étaient revenues. Couché en rond, pelotonné sur moi-même, pattounettes repliées, le museau bien frais dans mon poil, je rêvais de fugues impossibles et magistrales. Depuis le départ de N° 2, Tiffany était devenue un peu plus teigneuse, « que cela serve de leçon au géant! »

DIX-NEUF

Ce qui tanguait pour lui tangua pour moi. Je fus pris de vertiges, sur les toits, et ne m'aventurais plus très loin, incapable de regards plongeants sur la rue, je ne pouvais plus lever la tête vers le ciel et les oiseaux, une impression de vide me faisait chavirer et coucher sur place. J'avais moins d'appétit. Le bruit d'ouverture et de fermeture du réfrigérateur n'éveillait plus rien en moi. Tiffany, dans son coin, jouait à la belle rebelle, plus farouche que jamais, comme si elle seule souffrait de ce que l'histoire N° 2 se soit arrêtée très exactement le jour du printemps. Regarder le ciel me clouait sur les tuiles du toit. Qu'étions-nous, somme toute, petits peuples grouillants avec soleil levant et soleil couchant, zénith et voûte étoilée? Qu'étions-nous en regard de tout cela, petits peuples rivalisant d'inquiétudes et de questionnements? Je m'étais déjà interrogé à ce sujet-là, mais bien avant, très longtemps avant. Les questions revenaient, intactes, sans aucune possible réponse. J'étais sidéré. J'étais jaloux de Tiffany, capable d'indifférence, tributaire, minable et peut-être moquable à l'image d'Abel qui avait, lui, le sens et la force de toutes les souffrances. Je souffrais comme lui, malgré moi. Qui a dit, devant moi, et quand, « tirons un trait sur l'avenir »? Abel souffrait et comme lui, en lui, je me sentais pris au ventre, miné, in-quiet en deux mots comme il se plaisait à l'écrire, tenu à la tête, ne pouvant plus ni la lever ni la baisser, par peur des abîmes et tout ça, comme avait dit un autre, mais lequel, un autre et quand? à cause de *quelqu'un qui n'en valait pas la peine*, ou tant de peine. Un mounon qui était resté un peu plus longtemps que les autres et il avait quinze ans de moins. A cause de lui et de ses théories, Tiffany m'avait dit « je suis ta sœur et entre nous ça ne se fait pas ». Un comble.

L'isolement jouait à Abel un mauvais tour supplémentaire. Cette maison du Sud était son meilleur refuge et son pire ennemi. Plus rien ne l'y exposait à l'actualité de rencontres pour le plaisir ou la colère, diversions factices ou pas. Là, tout le ramenait à lui-même. Or, l'amoureux délaissé se prend au piège de ses propres pièges, le braconnier du cœur ne sait plus où il a posé ce qui le perdra. Il n'y a pas de malin plaisir à cela, je peux en témoigner, moi, Tiffauges, animal de la troupe du cirque Abel, doyen de la ménagerie, un chien suit son maître, un chat le vit. Un chien qui conterait sa vie pourrait affirmer le contraire. Le chat, en moi, en plus, avait du secret. J'étais et je demeure, tendre illusion des lignes, mirage et miroir des mots, un chat de garde. *Attention, chien méchant! Attention, chat fugueur!* Plus le texte se tisse, se trame, s'élabore et s'écrit, plus il est *propriété privée, défense d'entrer.* Tout comme il ne pouvait pas écrire en écoutant de la musique, Abel ne pouvait pas souffrir au vif, plaie ouverte, en écrivant. Il traînait, tournoyait, maugréait, composait un numéro de téléphone et raccrochait sans avoir rien dit, murmurait le sempiternel « Abel s'est tué », s'asseyait à son bureau, donnait des coups de poing sur la table, se levait brusquement et sortait faire un grand tour de village. Peureusement alors, je l'observais de la terrasse, il revenait, buvait un verre d'eau, la chaleur de l'été nous tombait dessus comme du plomb, la maison fraîche le jour devenait ardente et suffocante la nuit. Abel ne dormait plus ou s'endormait à l'aube. C'est une toute petite histoire et c'est de la vie. Abel se méfiait des grands desseins. Nombreux étaient celles et ceux, les belles gueules intactes ou les gueules cassées de l'amour, qui lui avaient dit de N° 2 « c'est ta faute si tu l'as perdu » ou, du syndicat, « quelle idée de t'être lancé dans cette affaire-là ». Abel, également, se méfiait des idées. Il disait n'avoir que des émotions de départ et vite, trop vite, se retrouver seul, à chaque fois. Puis il y eut l'incident. Dans le malheur et son effet, il n'y a plus de représentation.

J'avais dormi, sur le petit lit, dans la soupente et j'avais fait un curieux rêve fixe, cette nuit-là, rêve immobile, stagnant : j'avais la tête pleine d'encre et quelqu'un, pas Abel, *quelqu'un* brandissait un stylo pour le remplir. Au réveil, je ne reconnus plus rien, ni le lit de mes premiers émois, ni le flip-flap de la terrasse, ni la maison, encore moins mon maître et surtout Tiffany qui me fit peur comme un animal étranger, poil hérissé, je lui soufflai dessus. Je crois même l'avoir griffée à la joue. En fait, je voyais tout en flou, je soufflais méchamment et griffais au hasard. Il y eut un branle-bas très sonore dont un coup de téléphone d'Abel qui cette fois parla « nous arrivons tout de suite, docteur, je vous l'amène ». Un court transport dans la malle à chats, sur la banquette avant de la voiture, capot ouvert, de l'air, l'air d'un matin d'été, et Abel qui donnait des coups de poing sur le volant de la voiture. L'état d'urgence m'avait fait reprendre petit à petit mes esprits. Un vertige me tenait. Nous nous retrouvâmes chez un vétérinaire de campagne, pas le vétérinaire chic de Paris avec stéréo dans la salle d'attente, mais un vieil homme qui me caressa doucement, ordonna à Abel de bien me tenir sur la table d'opération et me fit une piqûre dans l'échine, la douleur d'abord, un apaisement ensuite. Il m'ausculta. Abel avait tremblé en me tenant sur la table blanche.

« Ce chat n'a rien » assura le vétérinaire, « on ne lui a pas tiré dessus, pas de jet de pierre, tout fonctionne, c'est un bon matou ». Il y eut un silence. Le vétérinaire regarda Abel « et vous, comment allez-vous en ce moment? » « Mal » répondit Abel. « Alors, c'est à vous de faire un effort. »

Ils parlèrent de la région, des gens, de l'été étouffant, de tout et de rien, donc surtout de la vie vraie. « Laissez-moi vous raconter une histoire. Elle est du pays. Et pourra vous servir. » Le grand-père du vétérinaire avait des vignes. Chaque année, des journaliers espagnols venaient faire les vendanges. Chacun avait un numéro. Le jour du paiement, le grand-père préparait l'argent par piles égales de francs et de sous et il plantait son couteau sur la table, bien au milieu, dans le bois. Les journaliers faisaient la file et, l'un après l'autre, échangeaient leur numéro contre une pile. L'ordre régnait. « Vous comprenez, dit le vétérinaire, l'humain se règle donnant donnant, un poignard planté sur la table. J'étais haut comme trois pommes. Je ne comprenais pas. Je n'ai toujours pas compris. Faites un effort. Pour le chat, je ne prescris rien. Revenez dans huit jours si le cœur vous en dit. Mais où qu'on aille, on est toujours l'estranger de quelqu'un. Quoi qu'on fasse. Allez prendre l'air dans la garrigue. Respirez un grand coup ». Il disait « estranger ». Il avait de l'accent et des mains immenses pour me tapoter le ventre au moment de l'adieu. Je l'aurais bien revu, ce vétérinaire-là.

La route de retour fut brève. Il y eut une halte. Au bord d'un chemin de terre. Abel me délivra, me prit dans ses bras, s'assit au pied d'un chêne et me caressa. Il savait que je ne m'enfuirais pas. « Un jour, nous aurons un chêne, me dit-il, et ce sera le tien. » J'étais choyé, délicieusement ensuqué par l'effet de la piqûre, j'y voyais de nouveau très bien et, surtout, j'avais faim.

Sitôt à la maison, Abel me prépara un festin. Tiffany n'osait pas s'approcher. Abel prit, lui aussi, un petit déjeuner pantagruélique. C'était bon signe. Je le vis sourire. « Mais qu'est-ce que tu lui as fait? » me demandera Tiffany, de loin. Je répondrai « rien. Mais j'ai vu des buissons, autour d'un chêne ». Elle s'enfuira dans l'escalier, divine, les fesses à l'air, la queue hautaine. Abel était déjà dans son bureau. Il remplissait son stylo. Son encre bleue. Son stylo. Soupir de Valentine. Et, alors que je me léchais les pattes et tentais d'atteindre l'échine, à l'endroit de la piqûre, il prendra un cahier et sur la première page écrira *Corps à corps, roman.* Il avait l'air heureux. Je m'endormis.

VINGT

Tout passe par l'encre, que ce soit l'encre noire des rubans de Valentine ou, surtout, l'encre bleue du beau et gros stylo. Il y a du « donnant donnant » dans l'encre qui coule, comme le sang, appel sans espoir de retour, mais force du manuscrit sur le tapuscrit, longue lettre écrite à l'autre, à chacun son N° 2, une manière de composer un numéro de téléphone et de répondre sans avoir à argumenter, c'est toi qui, j'aurais dû te, tu aurais pu au moins, mais droit au vif et à l'essentiel. *Corps à corps, roman* sera d'abord refusé par l'éditeur d'origine avec le « roman pour rien », « roman mort-né » de l'hiver. Seul commentaire « ce n'est pas le roman que nous attendons de toi ». Il sera publié ensuite par un tiers éditeur, sous le curieux titre *Le Petit Galopin de nos corps*. Je sais seulement que, ce roman-là, Abel l'écrira d'un trait, sans même s'en rendre compte, pour son salut et pour le mien, à l'encre et au stylo, lambeaux de ciel bleu sur les pages. Je n'osais pas trop me hasarder sur les toits où Tiffany, en plus, avait élu domicile diurne, à l'ombre, et nocturne, dans l'ombre et parfois au clair de lune « ils sont où, les buissons autour de ton chêne? » L'écriture chasse la terreur et en crée de nouvelles. Mais d'abord elle respire. Elle abandonne. Elle plonge.

Fidèle au poste, couché contre Valentine qui prenait enfin des vacances, je fus le scrutateur scrupuleux du scripteur Abel qui me lisait au fur et à mesure ce qu'il écrivait, même s'il ne le lisait à voix haute que pour la correction, les scories, les concordances de temps, la ponctuation toujours au bord de la syncope, et pour lui-même, sculpteur qu'il était devenu d'une histoire autre, en principe différente, où se fondait la sienne propre, oserai-je dire la nôtre? Tout s'écrivait. Tout l'emportait. La terreur du premier jour de printemps s'estompait. L'esprit était au soin autant qu'à l'épanchement. Quand il remplissait son stylo, le souvenir du rêve fixe et immobile, terroriste, devenait presque plaisant : nous nous sauvions. Nous nous échappions. Nous faisions une fugue sur place. De page en page, de chapitre en chapitre, un plaisir grandissait tout autant que la peur d'un refus. C'était trop simple. Tout était parti de l'histoire d'un certain poignard d'un certain grand-père pour certains règlements, donnant donnant. Abel me lut même une scène dans laquelle un chat était poignardé sur une table. J'eus des frissons et de la peine, mais la passion l'emportait. Qu'avions-nous tous à vouloir vivre autre chose que notre mort, chaque vie cette agonie qu'émaillent quelques instants de ferveur et d'oubli dans l'instant? Est-ce trop dire? L'histoire de ce roman était trop simple pour être considérable, « j'écris avec rien », disait Abel à son amie du haut village, Céleste, qui lui apportait des gâteaux délicieux faits avec « seulement un œuf, un yaourt, et un bol de farine » disait-elle, et c'était vrai. Pour tous les deux. Le roman était anodin et terrifiant, banal et obsédant, juste l'amour de deux mounons, toute une vie et l'un qui meurt avant l'autre. L'autre écrit. Ce que je fais maintenant.

Cet été-là, Abel se rendit chaque jour, à l'heure de midi, à la piscine municipale d'un village voisin. Il rentrait pâle, la peau délavée, les cheveux mouillés, coiffé comme un premier communiant. Cet été-là, deux ou trois fois, Tiffany se laissa attraper et caresser par Abel. Cet été-là, Citronnelle ne chanta plus *Etoile des neiges* ou *Cerisiers roses et pommiers blancs.* Cet été-là, Abel soigna, tailla, guida la vigne vierge et le lierre qui grimpaient sur la maison, « mon jardin vertical » disait-il. La vigne vierge fit son apparition sur la petite terrasse et l'envahirait, domptée, dirigée par Abel, en deux ou trois années. Cette année-là, cet été-là, vers la fin du mois d'août, Abel fit un voyage à l'étranger et nous laissa sous la garde de Citronnelle qui, contrairement à Cahin-caha, venait plutôt trois fois par jour que deux et veillait à ce que nous prenions bien nos repas. Abel était parti seul, pour un festival, une semaine, cinq opéras dont une tétralogie. Il avait retenu deux places pendant l'hiver mais, à chaque fois que N° 2 avait fait un projet, Abel avait répondu « nous en reparlerons au premier jour du printemps ». Ç'avait été le jour de la rupture. Abel, blême. Et N° 2, en sanglots, comme un gosse, quinze ans de moins, reçu à tous ses certificats. Tous les deux étaient inexcusables, orgueilleux, tenus l'un à l'autre par cet orgueil pour admettre la moindre faille. Ils m'étaient familiers, à moi qui n'étais que domestique, témoin à charge et à décharge, en même temps, amoureux, comme eux.

La morale est le chiendent du texte, plus on la sarcle plus elle revient, avance et prolifère. Dans le chiendent, ça grouille, il y a toutes sortes de bestioles. Dès que la liaison, le rapport, l'aventure, la représentation virait au petit théâtre des mensonges et à l'effort de *es-tu rentré les lèvres douces?* effort bien inutile quand il faudrait pouvoir être transparent et futile, le plus fort, indifférent donc terriblement jaloux, Abel rompait au vif, dans l'instant, violemment, salement, hors de lui. Il chamboulait. N° 2, comme moi-même, sur le coup, n'avions pas compris pourquoi le mensonge d'un soir, cette petite trahison qui, dans la répétition, eût pu s'annoncer demande frileuse de plus grande affection, avait déclenché une telle colère aux allures définitives avec flanquée à la porte immédiate. Je comprends mieux aujourd'hui, c'est le milieu d'une nuit, j'écris. Tout est chamboulé. Le moindre sentiment me paraît suspect, capricieux, de chantage, et ne pas avoir droit de cité à la ligne. On refusait Abel parce qu'il refusait les bonnes manières mensongères, la manière vicieuse. Il n'écrirait jamais le roman qu'on attendait de lui. Je pensais le faire ici. In extremis. Post extremis. Post mortem comme on dit. Le goût de l'intact a une éternité pour lui. Nous avions écrit *Corps à corps, roman*, dans la jubilation et un bonheur qui ne comptaient ni les heures ni les nuits. Ça bourdonnait et ça butinait, dans la vigne vierge, de jour, et il y avait des étoiles filantes dans le ciel, la nuit, « tu l'as vue, Tiffauges? Fais un vœu ». C'était toujours trop tard. Il m'avait extirpé d'un de mes rêves guerriers et je devais vite revenir au siège interminable des forêts de ma tête, toujours en lisière, guettant, attendant, l'ennemi pouvait surgir et profiter d'une seconde d'inattention. Je savais que j'aurais un chêne et je devais gagner la bataille pour cela. Il est tellement plus facile d'accuser l'autre de ce dont on est coupable. Abel était beaucoup plus sensible qu'on ne le croyait sur ces rives où on le représentait sarcastique et calculateur. J'avais des moustaches royales, couleur ivoire, longues et fines, épées plantées dans mes babines. Et, toujours en smoking, de jour comme de nuit, j'avais des allures de séducteur irrésistible qui me protégeaient de ma vraie nature, peu mondaine, farouchement attachée au destin d'Abel. L'histoire de l'un c'est toujours l'histoire de l'autre. Si Abel avait été chat nous ne serions peut-être pas devenus amis, lui avec ses mounons, moi avec mes mounettes.

L'automne qui suivit fut plus calme. L'hiver aussi. Je me mis à ne plus compter les saisons. J'étais à la stricte disposition de Tiffany l'arrogante, la persistante, la toute-douce quand elle se faisait lécher « plus fort », « mieux que ça ». Je revis les parents d'Abel, un dimanche, même rituel et mêmes silences. Ils restèrent moins longtemps. La mère d'Abel ne souriait plus. Elle avait un air éloigné, écarté, coupé. Le gag du pot à lait n'amusa plus. Tiffany s'était approchée un peu pour les voir et pouvoir dire ensuite « je les ai vus ». Je n'étais pas seulement noir et blanc mais ivoire et noir, un noir qui, au soleil, avait des reflets auburn. Et si un chat n'était qu'un prétexte? A être soi-même plus encore?

VINGT ET UN

J'AIMAIS le silence, quand Tiffany dormait, quand Abel avait quitté l'appartement pour chevaucher sa Mobylette, livraison de rédactions publicitaires, travaux alimentaires, il disait « les travaux Kit-et-Kat » ou pour partir en voyage, et surtout quand l'ouragan Cahin-caha était passé. J'aimais le silence et je l'interrogeais. Il foisonnait, pullulait, annonçait. Ce vacarme était mien. Plus mes questions demeuraient sans réponse, plus le silence était prégnant, habité, et m'invitait à toutes sortes de patiences et d'acuités. Le temps n'avait plus aucune aspérité. Je n'avais plus que des raisons de douter donc d'entreprendre en ne faisant rien apparemment, gros minet, bon matou, digne fils de tant de pères inconnus. J'aimais le silence pour ses désordres et ses promesses. J'écoutais l'autre rumeur de la ville, celle qu'on n'entend pas, et je savais, à distance, à l'avance, si Abel était sur le retour ou si Tiffany allait me demander de l'amour. Il m'arrivait même d'entendre passer le métro en plein jour, grouiller les millions de rats sous les millions de citadins et tomber une feuille restée accrochée à un platane de devant le balcon jusqu'au milieu de l'hiver. J'étais tout ouïe pour moi-même, également. Abel m'avait planté un chêne dans la tête. En lui faisant l'amour, j'imaginais Tiffany au milieu des buissons entrevus. J'aimais le silence. Il échappe à la chronologie. S'il me faut, ici, de chapitre en chapitre, suivre le cours d'un récit, avec un début et une fin, mon début et ma fin, c'est au mépris de ce qui m'a toujours porté et guidé, une écoute sans dessein, une histoire sans histoire, un acte que rien ne justifie ni ne condamne, le moi spirituel et mon émoi, rivière sous la lune et danse rustique. Il y a du bronze, du jade, du céladon et des émaux cloisonnés dans le silence. Il y a des dynasties dans les forêts de ma tête et des cavernes qui recèlent des trésors dans les chambres les plus secrètes. On peut y reconnaître l'émerveillement. Dans chaque objet se lit une philosophie. Je viens d'un paradis oublié pour témoigner de sa permanence à travers les innombrables tragédies et accidents d'une histoire si complexe qu'on en perd vite le fil. Je le tiens ce fil, je le tenais, je le tiendrai, je reviendrai. Le silence est tumultueux et la mélancolie ne serait que la gaieté d'être triste. Le silence est précieux, il vous rend précis et démasque les oublieux.

Ainsi, le texte, ici, est peu mondain. Il y est rarement question des visites. Abel mettra longtemps avant de comprendre que, pour certaines et certains, je ne paraissais pas, je ne me montrais pas. Je restais dans mon coin. Je savais à l'odeur, aux mots de l'arrivée, si ce quelqu'un venu d'ailleurs, de dehors, apportait de la vie ou de la mort, de l'attention ou de la flatterie, cette barbarie qui fait des manières. Abel comprit enfin cet hiver-là, quel âge avais-je, je n'ai jamais compté les ans, les chats comptent les vies, mais pas les années, que je ne me signalais pas quand la visiteuse ou le visiteur, de jour, étaient peu enclins à comprendre l'urgence et la présence de sa mélancolie comme de la mienne. Dois-je préciser qu'au timbre de la voix, voix venue du ventre ou rien que de la gorge, on sait tout de suite si l'autre est capable de compassion, donc d'attention et de dialogue. Si Abel, avant de comprendre certaines de mes disparitions en cas de visite, insistait pour que je fasse acte de présence, j'étais tout juste poli avec l'intruse ou l'intrus, ces farfouilleurs de malheur, et profitais du premier dixième de seconde d'inattention pour déguerpir. Abel se livrait facilement, parlait trop, disait tout et finalement prêtait le flanc à toutes sortes d'ironies. Il avait une manière irrésistible de se jeter dans la gueule du loup. Il croyait qu'on sortait de la gueule du loup par la gorge du loup, violente illusion. Il créait le malaise. Mais lorsqu'il comprit le pourquoi de mes disparitions en certains cas de visite, il me dit « c'est trop tard, merci de me prévenir mais je ne peux pas échapper à moi-même. Ou je ne veux pas. » Nous avions fait la fête, lui jouant à m'attaquer, moi prenant des airs offensés, poil hérissé, queue ébouriffée, cette queue par laquelle il allait m'attraper, me soulever de terre et me tarabuster. Notre jeu. Tiffany me dira « c'est bien fait pour toi ». Je répondrai « tu n'as rien compris », ce que se disent les amoureux que tout sépare et qui ne se quittent pas.

J'aimais le silence. J'étais à quai. Un peu étourdi. Je m'étais endormi sur les docks et le navire était parti sans moi. Je ne ferais donc jamais le tour du monde. C'était cela le silence, un voyage sans le voyage. Lorsque j'écoutais de la musique sur les genoux d'Abel, mais c'était inconfortable, ou dans ses bras, c'était plus doux, je sentais battre son cœur, c'était comme un vent qui se lève, un ciel qui frémit, des voix qui se cherchent et des arbres qui ploient, bruissements. Les forêts de ma tête se mettaient en marche. Je croyais à la fin de toutes les batailles. Et si je quittais Abel, c'était par peur de devenir vif. Je voyais les portes de la folie s'ouvrir sur des allées rectilignes, une nature sage et domptée. Les musiques qu'Abel écoutait, quittant son travail, étaient trop ordonnées. Comme sur le dessin de Barbara, il y avait toujours un plan d'eau, moi souverain et mon image réfléchie qui était celle du maître des lieux, moustaches rebiquées, regard lointain, le regard de sa mère, un mutisme dans le regard et une lassitude dans les gestes du père qui refusait une autre tranche de son gâteau préféré, le kouglof, tout caparaçonné d'amandes grillées. J'aimais le silence. Il me pourvoyait. Les jours pouvaient venir, le temps pouvait passer, je trouverais toujours la force, un jour, de dire sans truquer et de témoigner sans accuser. Les chats ont le sens du stratagème. J'aimais le silence car il me rapprochait de moi-même et de tous. Abel courait à sa perte. Lequel des deux était le vassal de l'autre? J'aimais le silence. Je savais que je ne viendrais jamais à bout des inventaires. La musique m'effarait, c'était trop de silence à la fois. Tiffany, elle, s'approchait. Elle aurait fait n'importe quoi pour une distraction. Elle disait « le bal commence quand? » J'aimais le silence. Il m'a appris à parler, et à écrire. Juré-craché sur la tête de Mounette. J'aimais le silence. Il me parlait. Dans le bac à sable, je tournais sur moi-même, me concentrais, jubilais, me réjouissais et jouissais tant de l'acte d'ensevelissement des rejets de mon corps que de l'immense silence de ce désert circulaire, bordé de hauts remparts blancs, vent d'écume, la mer était encore loin, tout autour cependant. C'était le silence du bac blanc, lieu aussi clos que l'entonnoir de cette ville d'où j'interrogeais les parois infranchissables du ciel derrière lesquelles un sentiment me disait qu'il n'y avait que du vide et de la nuit, une nuit éperdue sans plus aucune lune pour rythmer la chute et les saisons. J'aimais le silence parce qu'il me redonnait conscience de mon corps, de mon poil, des toilettes à faire, scrupuleusement, de mon museau, de mes oreilles et de mes pattounettes. J'aimais le silence parce qu'il m'égarait tout en me ramenant au rite corporel. Grâce à lui, je voyageais. Le silence, c'est aussi de la mémoire. Je crois qu'Abel aurait donné tout ce qu'il avait écrit pour une phrase livrée en message par un jeune homme, mort à vingt ans, adressé à sa mère, et que sa tante lui avait confié en secret, *il faut s'avoir avant d'avoir.* Cette phrase, Abel l'avait transcrite sur un petit carton posé contre les livres de la bibliothèque et qu'il pouvait voir de son bureau. Cette phrase, je me la rappelle. Je la lisais, moi aussi. En silence.

VINGT-DEUX

ABEL n'avait pas son égal pour créer le malaise. Par regret d'une enfance perdue? Pour une tendresse dont il aurait, encore, voulu être à la fois le sujet et l'objet? L'art de créer le malaise, toutes sortes de confrontations pour démasquer, susciter, interroger, et la manière d'être fidèle à l'enfance jusqu'à la déchirure procéderaient-ils donc du même mouvement? Au loin, dans le regard d'Abel, il y avait une enfance d'orphelin qui n'aurait pas perdu ses parents et leur demanderait encore trop. Si Tiffany avait particulièrement faim, elle me disait « vas-y, demande-lui! tu es le plus fort! C'est à toi de le faire! » J'exécutais. Nous ayant servis, Abel observait le repas, Tiffany dévorant et moi, sans grand appétit puisque en mission commandée, rechignant, boudant le plat, si souvent le même, me sentant un peu ridicule, je l'avoue, il restait là, bras croisés, sourire aux lèvres, pour bien me signifier qu'il n'était pas dupe alors qu'il aurait très bien pu ne pas accorder d'importance à ce jeu tout en le jouant. C'est à ces petits détails que l'on se reconnaît et que l'on s'unit, dans le refus des apparences. Abel n'aimait pas les convenances quand elles fleuraient la fatuité, la flatterie, ou l'indifférence. Il créait le malaise, d'un mot inattendu, d'un geste inhabituel ou d'un silence insupportable pour chasser les paradeurs, les montreuses de foires de malheur, les mesquins et les requins, autant dire presque tout le monde. Pour mon plus grand plaisir s'il clouait le bec aux rapaces, et pour ma plus vive inquiétude car il créait du vide autour de lui, une nuit d'au-delà le ciel, quand il n'y a rien, plus d'*atmosphère* comme on dit. Aussi Abel avait-il la réputation d'être méchant. On disait de lui « il n'a que ce qu'il mérite » ou « ce mec est impossible ». Il était perplexe, saugrenu, voire grossier avec les plus délicats qui, souvent, étaient les plus cuirassés. En cela il était chat, frère et copain, plus qu'un ami, un peu moi-même, et moi un peu de lui. Je sais le risque que je prends à formuler de telles affirmations mais *être soi* est la définition même de la nature-chat, Ma nature, Mon moi. J'étais son roi, je régnais, je faisais plus que l'observer. Si je parle de lui, je parle en fait de moi. Il ne me manquait que la parole? Mais cette parole ne faisait-elle pas rempart entre lui et les autres? Ne tranchait-elle pas, continuellement et Abel ne veillait-il pas, scrupuleusement, à ce que les mots ne soient pas employés à la légère et pour l'esbroufe? De là ce malaise, vital, qui me plaisait tout autant qu'il exigeait de l'autre une singulière présence au rapport. Abel souvent écrivait, *on n'atteint jamais la conscience de quelqu'un.* Regardez un chat dans les yeux. N'oubliez pas qu'il a déjà vécu. Il est pleinement conscient. Il n'est pas uniquement servile. Même s'il est dépendant. Même s'il ne sait pas ouvrir la porte du réfrigérateur tout seul. Même s'il ne sait pas ouvrir les boîtes tout seul. Encore faut-il qu'il y ait des boîtes dans le réfrigérateur. Il ne sera pas, ici, question de chats qui crèvent de faim. Ils se débrouillent, ou justement, galeux, morveux, ils crèvent. Chacun pour soi. Je suis tombé chez Abel comme on tombe en amour. Pas par hasard et pour l'impossible.

Abel avait besoin de me regarder droit dans les yeux pour retrouver quelque espoir, pauvres humains, braves bipèdes qui traînent le boulet de leur Raison, qui croient tout savoir de tout et qui se sont reconstitué une jungle et des lois qui pour créer des justices créent encore plus d'injustices. Abel aurait voulu être rien que lui-même, de là le malaise qu'il entretenait avec obstination jusqu'à se mettre en scène. Il me regardait pour ne pas connaître la *flanche,* mot inventé par Cahin-caha, elle avait toujours la *flanche,* la pauvre. A ma manière, je disais à Abel « continue » ou « tiens bon ». Chacun de nos regards échangés était inespéré. Abel attendait des caresses, autant que moi. Des émotions. Comme moi. Malheureusement il était armé de parole. En plus, il écrivait. Comme moi, maintenant, après, après ma mort. Pan! Un chasseur me tirera dessus, pour le plaisir de la cartouche. Je reviendrai. Je reviens. J'écris. Herbes coupantes, attention aux pattounettes.

Qui a dit un jour, je m'étirais de plaisir et je bâillais à me décrocher la mâchoire, la conversation était un peu longue, « mais ce ne sont pas des griffes qu'il a, ce chat, ce sont des arpions »? Le hasard voulut que le lendemain la sonnette de la porte retentît, j'écoutais de la musique, installé plutôt mal que bien sur les genoux d'Abel et que, pris de peur, en sautant, je le griffe avec mes pattes arrière. Le résultat fut des séances de manucure auxquelles l'échappante Tiffany échappa mais dont je subirai l'effroi jusqu'à la fin de mes jours, tous les trois ou quatre mois, puis tous les deux ou trois mois car les griffes se mirent à pousser de plus belle et à se rebiquer plus encore, comme les moustaches d'Abel. Pour les séances, je me laissais faire, les pattes avant d'abord, les pattes arrière ensuite. Là aussi, Abel créait le malaise. Ce n'était pas plaisant, pas vraiment une torture parce qu'il avait peur de me faire mal mais, après, je n'avais plus aucune prise sur la moquette et Tiffany en profitait pour la moquerie dont elle avait le malin secret, une malice, un délice. Je l'aimais. J'aimais tout le monde. Même celles et ceux que je fuyais en me figurant cheval, cabri ou lion. Le malaise, Abel le créait d'abord pour le vivre et s'y purifier. Parce qu'il ne voulait pas transiger et, dans cette course à la mort qu'est la vie, il voulait obscurément, certes inconsciemment, voir combien de temps il tiendrait. Et moi, de l'observer attentivement en souhaitant qu'il tienne le plus longtemps possible ainsi que de désirer partir avant lui puisque approximativement ma durée de vie avec lui, assez courte, était fixée d'avance. Je n'ai jamais baissé les yeux devant lui que lorsqu'il me délivrait après m'avoir coupé les griffes. La moquette me paraissait patinoire, Cahin-caha me prenait plus volontiers contre elle, ce qui n'était pas forcément plaisant, petites mains, gros bras et, en échange de mes léchouilleries, Tiffany jouait à l'infirmière avec moi en léchant carrément de sa langue râpeuse mes pattounettes en principe désarmées, « mutilées » disait-elle, « le géant t'a fait ça? Et tu ne dis rien? » Mais certains chats de très bonnes maisons, en principe, ne subissaient-ils pas une opération qui les laissait sans aucune griffe? N° 2 avait raison pour ce qui était du sadisme de certains maîtres.

Il y eut un hiver, un été, un autre hiver, Abel était blessé et le souvenir de N° 2 ne le quittait pas. Aussi, plus fortement, encore, créait-il toutes sortes de malaises pour puiser la force vive sans laquelle il se serait senti à nouveau coupable d'un certain éblouissement : il y allait de notre santé. Dans son rôle d'infirmière, Tiffany fut émouvante. Elle croyait qu'elle allait me reconquérir. Je savais que de plus belles griffes repousseraient et, sans être mounon, pour Abel, j'étais plus que l'ami et l'amant, ou les deux à la fois, un frère également, ce compagnon qui se tait pour dire tout.

En fait, on n'écrit que pour se sentir libre. L'espace des pages n'a pas de frontières. Mais, dès qu'on lève les yeux, mieux vaut être chat qu'humain, animal que doué de Raison. Abel me coupait les griffes avec une attention extrême et je me laissais faire avec encore plus d'attention. Rien d'offensant, l'offensive. Rien de désarmant ou de mutilant. De la coupe franche, à la serpette, dans les forêts de ma tête, pour se frayer un chemin et, pour Abel, avancer dans la vie, des lignes comme des lianes. Rien d'effroyable. Abel n'avait pas son égal pour créer le malaise. En cela il avait de l'instinct. Il était du genre persistant. Et moi avec.

VINGT-TROIS

JE m'appelle Tiffauges. Je suis le chat d'Abel. Je n'avais pas de haine mais du mépris, comme de l'affection. Si l'on veut dire et se dire, où commence l'affection, où finit le mépris et inversement? Etranges rêves de rendez-vous manqués. La vie n'était-elle que vouée à de pareils manquements, éternels retours, perpétuels recommencements? Il y eut un hiver, un été, de nouveau un hiver : j'avais renoncé, capitulé, sans pour cela m'installer. Pourquoi vouloir changer l'autre? Tiffany était qui elle était, j'appris à lui donner des baffes de la patte avant droite quand elle ne me laissait pas manger tranquillement, elle avait sa part, j'avais la mienne, Abel demeurait tel qu'en lui-même, quelqu'un qui attend, sans attendre, tout en attendant. Et moi, je devenais le pacha de l'histoire, énorme, vautré, plus silencieux que jamais et plus subtilement attentif aux allées et venues, aux colères du maître, aux lectures à voix haute des romans en cours. Même si, l'air dolent, il pouvait croire que je m'étais endormi, j'étais vigilant. Il y avait quelque chose d'épineux dans la ponctuation de ses phrases, de la syncope et de la chevauchée. Mon admiration n'était pas béate. Ce qu'Abel écrivait, il le chantait. Ou bien le chantait-il en le lisant? Je compris, petit à petit, alors que je devenais de plus en plus gros, à quel point la musique avait de l'importance pour lui ainsi que le risque et le manque de quiétude du troubadour qui ne sait jamais si la chanson va plaire. Les romans qu'il publiait chez le nouvel éditeur ne faisaient guère carrière, tant de publications funéraires. Abel avait peur de me faire peur et ne m'en parlait pas. Mais je savais aux regards échangés, à la voix et au tact, contact des doigts au moment suprême des caresses, que jamais rien n'était acquis, qu'il le savait et néanmoins continuait en doutant à chaque ligne, à chaque mot, à chaque page. C'était arrachant, quotidien, une habitude, comme une ferveur. Tiffany se montrait un peu plus souvent dans le bureau. Elle aussi avait besoin de chaleur. « J'aurais tant voulu, me dira-t-elle pendant l'été, avoir des chatons de toi. Au moins une fois. » La réalité, personne ne peut la dire. Ce serait donc un mythe. Je lui répondrai « tu sais, même si... » Et elle « même si quoi? » « C'est que déjà, quand on... » Et elle « quand quoi? » Le drame, tout de suite. Elle n'avait pas eu sa part. « Tu es plus bavard avec le géant. » « C'est que... » « Que quoi? » Et ainsi de suite. Elle me faisait balbutier. La réalité, personne ne peut la dire. C'est un mythe. En soi. Déjà.

La veille de cet été-là, quelques jours avant notre départ, il y avait de beaux ciels bleus au-dessus de la ville qui annonçaient un prochain séjour dans la maison du Sud, Abel rencontra Rupture N° 3 à une terrasse de café. Ce fut immédiatement un ravissement et la catastrophe. N° 3 était plus poupon que N° 2. Il souriait constamment et de travers, un sourire suspendu d'un seul côté des lèvres, pas un vrai sourire, et, même s'il avait de l'élan, de la sincérité, comme un bonheur d'être avec Abel, ce sourire m'inquiéta : il n'était pas égal. N° 2 plus frêle, il avait très exactement sa place dans les bras d'Abel, avait plus d'aplomb et un air soucieux, habité, lié. Il n'avait pas quitté sa famille et ne la quitterait jamais, comme tout le monde, mais cela lui créait souci car il allait vraiment parfois chez ses parents, ne serait-ce que pour apporter le linge sale à sa mère, qui lui rendait du linge propre et bien repassé. N° 3, aussi jeune, même plus jeune, un peu gamin, s'annonçait prolo, libre de tout, du genre tout-fou et avait le projet de vivre une autre vie que celle qu'il avait vécue en famille. Il avait un carnet d'adresses dans la tête même quand il éprouvait du plaisir avec Abel, très soucieux de qui il rencontrerait en sa compagnie. Il ne riait pas : il couinait. C'était un gosse et Abel l'épatait. Je compris, alors, ce qu'Abel avait voulu dire quand il affirmait de N° 1 qu'il n'avait été qu'un courtisan et un intrigant. N° 3, cheveux longs, bouclés, soufflant constamment vers le haut, sur sa mèche, disait qu'on l'appelait « chien fou », se mettait à genoux devant moi, aboyait pour la plus grande peur de Tiffany et me poussait à la renverse ce qui me fit le griffer méchamment à l'avant-bras, un vrai trajet, une belle blessure, le sang perlait, grâce à une griffe qui repoussait bien rebiquée, bien acérée par les soins de mes mordillements. Un chat doit toujours être prêt à l'attaque. N° 3 voulait jouer avec moi? Je ne voulais pas de lui : il était ennemi. Son sourire en biais pour être charmant et désarmant n'en était pas moins vicieux : Abel allait tomber de nouveau. Ce qu'il fit. N° 3 avait de beaux yeux et un regard de goujon. C'était un faux nigaud, un faux « ravi de la crèche » comme dira Céleste quand elle apportera un gâteau au chocolat. N° 3 avait de l'ambition. Il en regorgeait. Il avait vaincu la méfiance d'Abel, habilement, alors que nous allions partir pour un troisième été tranquille. Trois étés consécutifs, c'était trop beau. Le seul véritable crime parfait, c'est l'écriture. On donne les preuves les plus accablantes, rien que des preuves, royaume des indices, des présomptions où l'on ne peut que revenir au secret du soi solitaire. Je rêvais de nager dans la baignoire et, là, je n'avais patte nulle part, le grand jeu tout de suite. Je voulais étonner Abel.

L'idylle dura quelques jours puisque nous devions partir. Le beau temps jouait. Abel était à la fois subjugué et méfiant. Il vivait l'affaire sans esprit de lendemain. Le jeune homme fut plus malin, et un malin face à un décontenancé gagne ce qui devient une partie. Abel aurait tant voulu arrêter là. Tout de suite. Il essaya. En vain. Le jeune homme était trop beau pour être vrai. Rien n'y fit. N° 3 viendrait passer quelques jours dans la maison du Sud. Abel irait le chercher du côté de Sète, sous un *cimetière marin,* mais avais-je été poète, avais-je aimé la poésie? N° 3 partirait ensuite faire « le tour de la Méditerranée », « tout seul », « sans argent ». Il racontait des voyages extravagants. Plus Abel le repoussait plus le trop jeune homme avançait.

Pendant tout l'été, Abel guettera le courrier de manière maladive. Ce fut une liaison sans liaison effective et, pour Abel, un N° 3 pire qu'un N° 2, absent, lancinant avec imprécise promesse de retour. C'est le moment que Tiffany choisira pour me reprocher de plus belle de ne pas lui avoir fait de chatons. Abel entendait frapper à la porte? Personne. A chaque coup de téléphone je savais son espoir et vivais sa déception. Abel n'écrivait plus. Il était tombé, patatras, encore une fois. Cette fois, pas moi, ce n'était vraiment plus la peine, je pouvais désormais commander. L'été fut torride. N° 3 revint au moment où, harassé et lassé d'attendre, Abel se ressaisissait, commençait à ne plus guetter le passage du facteur et à ne plus parler au téléphone, aux autres, en tremblant, la voix blanche. Tout se termina très mal. De retour à Paris, Tiffany me fera ce commentaire « ils ne se marièrent pas, ils ne furent pas heureux et ils n'eurent pas d'enfants ».

Malicieuse Tiffany, il y avait, je l'avoue, de la colère et du charme dans son ironie, de la fatalité dans son charme et de la douceur dans ses colères. Comme cette phrase féminine lui va bien, je l'aimais. Elle m'aimait. Nous formions un beau couple de célibataires. Ses mounetteries en tout genre n'étaient pas sans, à la fois, me plaire et m'exaspérer, mariage forcé, elle dans son coin, moi dans le mien. Avec de merveilleux moments, pendant les transports dans la nuit de la malle à chats quand elle s'allongeait, tout du long, contre moi, la tête sous mon menton, me chatouillant de ses moustaches. Nous attendions le moment sublime où le contrôleur des chemins de fer, en poinçonnant notre billet, car nous en avions un pour nous seuls, dirait « mais où est-il votre chat? » « Non, monsieur le contrôleur, ils sont deux et ils sont là » répondrait Abel avec fierté.

Cahin-caha dira de N° 3 « c'est dommage, il était mignon ». Citronnelle avait dit « celui-là, monsieur Abel, il vous va mais il pourrait être notre fils ». Comme Abel lui avait fait remarquer en riant, rire rare, qu'elle avait dit *notre* au lieu de *votre*, Citronnelle s'était fâchée, avait lâché l'assiette qu'elle était en train d'essuyer, assiette brisée, et s'était mise à pleurnicher en balayant les débris. Réfugiés sur la terrasse, après le drame, Tiffany m'avait dit « son parfum me coupe le souffle. Son soutien-gorge est une armure. Si elle m'attrape, je la griffe mais c'est du métal, et elle me rejette en disant que je suis vilaine. Et toi, tu ne dis rien. Tu manges. Tu me vois avec des soutiens-gorge comme elle? » J'avais pris un air docte et, sans répondre, j'étais allé faire un tour sur les tuiles brûlantes, abeilles, guêpes, frelons, sauterelles, libellules, parfois un scorpion noir et le ciel bleu. Plus aucune nouvelle de Barbara. Et rarement des visites. Toujours des amis pour dire à Abel « tu as mauvaise mine »,

« j'aimais moins ton dernier roman », « tu devrais mettre ta plume au service d'une autre cause », ou « tu n'aurais jamais dû quitter Sam », le N° 2. Les amis embrouillent tout.

L'ami qui dit « tu peux m'appeler quand tu veux » interdit de l'appeler ou « tu peux toujours compter sur moi » ne sera jamais là en temps voulu. C'étaient choses humaines, à la fois désirables et méprisables, tant et trop pour un chat. Tiffany était un harem à elle seule. Je me la figurais différente à chaque fois, ce qui me permettait de la satisfaire.

Peu avant notre départ pour les fêtes de fin d'année, à l'époque où l'on sonne à la porte quand visiblement le maître des lieux n'attend personne, ci le facteur pour le calendrier, là les éboueurs pour les étrennes, coup de sonnette inattendu, ralliement de nous les chats dans l'entrée, simple curiosité, Abel entrouvrit la porte et vit N° 3 sur le palier, tout sourire, éclatant, comme si de rien, comme si. Du même geste que celui de l'ouverture, calmement, avec un flegme qui n'avait d'égal que sa stupéfaction, Abel referma la porte en disant « merci, j'ai déjà donné ». Ce fut leur dernière entrevue et notre dernière entrevision de N° 3. Tiffany dira « c'est cruel ». Le soir même, Abel posera Valentine devant lui et inaugurera un roman, où, une fois n'est pas coutume, il livrerait l'histoire de N° 3 telle quelle, pour s'en débarrasser. La méfiance est la blessure du sentiment amoureux. Ainsi, floué, furieux, Abel donnait prise aux tombées en amour successives, incapable qu'il était de partager un territoire que Tiffany et moi partagions. Plus il chassait les fantômes, plus ceux-là revenaient. Tout cela m'était familier.

VINGT-QUATRE

Dans ce roman d'urgence inspiré par N° 3, il y aura encore une terrible histoire de chat qui tombe par la fenêtre sur une voie ferrée, en contrebas, avec passages de trains de banlieue. Il m'arriva, alors, de penser qu'Abel m'en voulait de le tenir en vie par ma seule présence et l'obligation qu'il avait de s'occuper de moi et de Tiffany. Je lui évitais ce désespoir où conduit la volonté d'être ce que l'on est, ni plus ni moins, plutôt plus que moins, sans jamais transiger, et d'essayer, par le texte de livrer, également, l'autre à elle ou à lui-même. Un miracle parfois : il semble qu'ils aient compris, qu'ils aient saisi, étreint au nœud le plus serré de l'intensité de vivre, la partie la plus cachée de leur être. Rassurés, calmés, ils ont vécu la fabuleuse expérience d'être vus par un autre, une autre, l'auteur, ici, moi, je, Tiffauges, le chat, Abel, ou telle et tel, visionnaires des êtres parce que simplement attentifs, chercheurs de fond, à la recherche de l'enfoui et de l'indicible, de l'enfant tapi en chacun de nous, chatons, gosses ou bébés, histoires de berceaux et de tétons. Oseraient-ils alors parler de ce qui est tu? L'auteur, il ou elle, Abel ou moi, je, Tiffauges, ici, demeure aussi seul devant la page que la lectrice ou le lecteur. Chacun dans son coin. Comme moi et Tiffany. Chacune et chacun lisant son propre roman. J'ai donc mis des années à le comprendre ne serait-ce qu'un peu : un texte ne délivre pas, il livre encore plus. Me voici pris au piège.

Je ne ronronnais pas, ou en cachette après les repas pour moi tout seul, je ne miaulais pas et Abel eût pu croire que j'étais muet quand je n'étais que stupéfait par cet acharnement à l'impossible livrée de l'être dont je fais, maintenant, à mon tour, l'expérience. En écrivant l'histoire de N° 3, telle quelle, en changeant seulement les prénoms, Abel ne fit qu'écrire un autre roman, encore un, une autre histoire. La réalité, une fois de plus, lui échappa. Les personnages devinrent des personnes qui l'entraînaient et il se retrouva plus lié que délié, insatisfait, avec ce sentiment d'infini inachèvement qui grandit, en moi, ici à ces lignes.

Abel avait fait connaissance d'un mounon encore plus méfiant et cogné que lui. Ils se voyaient régulièrement, pas trop souvent. Leurs rencontres étaient extrêmement tourmentées, ils avaient besoin l'un de l'autre, désordre des gestes de l'étreinte, et comme une danse, ils chaviraient dans les bras l'un de l'autre. A y réfléchir un peu, cette liaison fut peut-être la seule durable et à considérer que je lui connus. Tiffany appelait ce mounon « le régulier ». Dans cette régularité, et c'était à chaque fois comme une première surprise et prise l'un de l'autre, Abel puisa la force de parler de N° 3 avec une ferveur et une émotion réelles, alors que N° 3 n'avait été qu'un passager, « chien fou » peut-être, s'il le disait, mais surtout chien errant et, somme toute, intéressé par je sais trop quelle gloire et quelles relations mondaines qu'il prêtait à Abel. Rien que d'ordinaire. Le régulier, lui, avait vécu cinq ans d'affilée avec un mounon pour retrouver, un soir, sa valise sur le palier, et dire, le même soir, à Abel qui venait d'accepter de l'héberger « j'ai cru que c'était chez nous et je me suis rendu compte que c'était resté chez lui ». Il portait autour du cou une médaille que je vis souvent par terre, au salon, pendant qu'ils étaient dans la chambre et sur laquelle on pouvait lire, *ni qu'on me force ni qu'on m'empêche.* Si le régulier avait pu devenir un permanent! Seulement voilà, il y avait de la permanence dans la régularité de leurs rencontres, du repas et du festin dans leurs corps à corps, comme une voracité et un accord de tacite reconduction. Les semaines filaient. Nous avions passé la fin de l'année et les premiers jours de l'an neuf dans la maison du Sud. Comme d'habitude, Abel avait mis des guirlandes à la porte et Tiffany se plaignait des courants d'air dans les pattounes. Citronnelle avait eu son cadeau et Cahin-caha le sien, au retour, jour où Abel décida de mettre la salle à manger dans son bureau et son bureau avec bibliothèque dans la salle à manger. Il acheva son roman dans la plus grande pièce, le salon pour lui tout seul, la table de travail face à la cheminée, une cheminée mesquine, parisienne, dans laquelle il prit l'habitude de faire des flambées, comme dans la maison du Sud, pour le plaisir uniquement et là, enfin, cigarette aux lèvres, quand il levait la tête de sa Valentine dérouleuse d'histoires à vif, il pouvait enfin contempler un feu. J'avais de la passion pour le bougnat livreur de sacs de bûches, son odeur de bois et d'écorce me montait à la tête, un vrai plaisir alcoolique. L'hiver était rigoureux. Le régulier arrivait toujours le bout du nez gelé et, se frottant les mains, allait vérifier le numéro de la page en cours. Le reste, c'était leur affaire.

On installa, sur le trottoir du quai, dans le virage, un panneau publicitaire qui restait allumé toute la nuit. La première affiche apposée représentait un chat se léchant les babines devant une boîte de *Supramatou,* la marque, et il y avait un slogan *pour les chats gourmets-gourmands.* Tiffany et moi fîmes la grève de la faim deux ou trois jours jusqu'à ce qu'Abel comprenne que nous exigions ces boîtes-là. Le plaisir de la nouveauté ne dura que quelques repas. Le goût était légèrement différent. Mais c'était encore de la baleine ou du singe. Abel avait ri de l'histoire. Quand il avait ouvert la première boîte de *Supramatou*, je m'étais léché les babines comme sur l'affiche et cela avait également amusé Tiffany. C'était un peu la belle vie. Puis, pour lutter contre mon embonpoint, ma corpulence, ma rotondité, je me mis à faire beaucoup plus de gymnastique, à courir d'un bout à l'autre de l'appartement, à sauter sur les cheminées ou sur le bureau. « Qu'est-ce qui te prend? demandait Tiffany, tu veux jouer? nous n'avons plus l'âge. » J'éprouvais surtout de la jouissance à m'étirer, les pattes avant bien en avant, la croupe hautement relevée, le menton tendu, les moustaches comme des piques, une fois, deux fois, dix fois de suite. Comme disait Abel je n'étais pas gros mais « musclé ». Je ne devais pas lui donner tort.

Un dimanche de très grand froid, le régulier vint exceptionnellement de jour, pour déjeuner et sortir ensuite avec Abel, « il faut que tu prennes l'air ». Il y avait effectivement de l'asphyxie dans la précipitation d'Abel au roman, fasciné, rivé, obstiné qu'il était alors face à la page en cours. Au retour, frigorifié par la balade, Abel chargea trop la cheminée et le conduit prit feu. Ce fut l'incendie, un volcan, dans l'instant. Les murs se mirent à craquer comme mes vertèbres au premier étirement du matin, bruit sourd et plaintif dans les étages supérieurs, l'immeuble tremblait. Tiffany alla se réfugier dans le sommier. J'étais fasciné par les bottes des pompiers et suis resté au premier rang. Il y eut la police, un constat, et Abel, pâle, le certificat de ramonage à la main, « ça ne sert à rien, monsieur, il y a des coudes dans le conduit et toujours de la poussière pour s'y accumuler. Le feu peut couver ». Le régulier repartit. La nuit était tombée. Un pompier resta jusqu'à minuit, debout, pour la sécurité « on n'a pas le droit de s'asseoir pendant le service, monsieur ». Et moi, reniflant ses bottes, c'était enivrant. Abel écrivait. L'incendie fit le chapitre, métaphore, fable. « Vous ne voulez vraiment pas boire? » « Non, monsieur, merci, jamais pendant le service. »

VINGT-CINQ

Abel avait des familiers. Rares. Il n'en fut et il n'en sera pas, ou que peu, question ici. Sans doute avaient-ils moins d'importance qu'ils ne s'en donnaient, tout aussi incapables qu'Abel de partager quoi que ce soit, même et surtout quand ils excellaient dans l'art de débusquer le besoin d'être, les non-dits, les inter-dits, les in-quiétudes, toutes choses affolantes dont ils raffolaient, signe des temps ou signe de tous les temps. Ils avaient, comme Abel, trop de conscience et ce n'était pas encore assez d'égoïsme.

Il n'y avait plus de fêtes le dimanche. Plus de réunions pour que je devienne Chat d'Honneur de je ne sais trop quoi. Les parents d'Abel ne rendirent plus visite. Le roman urgent de N° 3 fut achevé. Abel se mit tout de suite à en écrire un autre qui commençait par la scène d'un homme qui accompagnait son chien trop vieux, chez un vétérinaire, pour le faire endormir, piqûre finale, et qui rentrait chez lui, ensuite, avec le collier et la laisse. Tous les six mois, Abel nous emmenait chez le vétérinaire. Pas celui du roman ébauché, fort heureusement. Tiffany et moi avions nos carnets de vaccination avec photos et dates approximatives de naissance et, à côté de l'inscription *pedigree,* la mention *néant.* Il n'y eut plus de flambées dans la cheminée. Cahin-caha faisait de moins en moins bien le ménage. Une manifestation passa devant l'immeuble, sur le quai, foule bariolée qui scandait des slogans. La Mobylette disparut avec la manifestation. Volée, et pourtant il y avait le cadenas. Abel décida de ne pas en racheter une neuve et rangea le casque dans le premier placard de gauche du couloir qui conduisait à sa chambre, à côté de la tête de mort, fidèle au poste, toujours sur son socle. J'avais donc déjà un passé, des peurs oubliées et comme une mémoire.

J'ai rarement vu Abel assis dans un des canapés du salon. Ou il se tenait au bureau ou il était dans son lit. Ou encore il était sorti. Il n'acceptait plus de « travaux alimentaires ». Sans transition, il était passé du roman de N° 3 à un roman qui lui brûlait les doigts et dont il me disait « cette fois, tu verras » tout doucement, en me caressant, parce que je m'étais endormi, sur le bureau, à côté de lui et de Valentine. Le roman de N° 3 fut refusé par l'éditeur en cours, parce que trop mounon. L'éditeur en question avait dit « c'est dommage que Pierre ne s'appelle pas Martine » et Abel était revenu chez son éditeur d'origine. Pour payer le *Supramatou,* Cahin-caha, le loyer et son droit d'écrire sans autre tourment que celui de la page, Abel avait vendu le dernier tableau qui avait de la valeur, comme par hasard un portrait de lui, par quelqu'un de très connu, de quoi tenir jusqu'à l'été. Les murs de l'appartement étaient nus.

On écrit toujours autre chose, c'est tout. On s'égare. Et on se retrouve, jamais le même, toujours le même, encore un peu plus seul, c'est tout. L'auteur du roman serait-il, ou elle, celui ou celle qui remettent constamment les horloges à l'heure avec le sentiment de voir toujours s'écrire une autre histoire que la leur? Il n'y a plus d'embarquement pour Cythère. Le désordre amoureux a ceci de commun d'avec l'anarchisme du récit qui échappe, fuse et refuse d'être empesé comme un tablier de servante classique, de confidente maîtresse des destins, que jamais rien ne le contiendra ou alors, toujours différemment par toutes sortes de témoins et de témoignages, une foule de manifestants. On écrit toujours autre chose que ce que l'on veut écrire.

A mon tour, je règle la grande horloge. Les aiguilles tournent un peu vite et tout va se précipiter, se dérégler. Je ne plaide pas coupable. Je n'invoquerai aucune circonstance atténuante. J'étais né avec un habit de poils qui avait été, était, et serait l'unique habit de ma vie. J'étais en smoking. Tiffany aurait voulu, elle, changer plus souvent de manteau de fourrure. C'est l'époque à laquelle, dodue, elle devint belle et encore plus rebelle. Elle aurait tant voulu que ça flambe entre nous, que ça récidive et que ça prolifère. Mais le fait qu'Abel occupe les deux grandes pièces l'assigna à résidence, qu'elle crut forcée, dans la chambre d'amis, furieuse de ne pouvoir se rendre à la cuisine sans être vue, portes vitrées, par son géant de maître. Elle se mit aussi à tenir des propos moins cohérents. Il était de nouveau question de buissons, de terre meuble et de frères rouquins qui ne l'avaient même pas défendue. Ou bien se taisait-elle carrément, mutisme que d'autres qu'Abel, Cahin-caha ou moi auraient pu croire hautain quand, en fait, elle perdait la tête. Je gardais la mienne toute pleine de forêts dont je connaissais les odeurs de bois coupé, débité, livré, le goût de l'écorce et la promesse d'un chêne, un jour. L'horloge se détraque. Il n'y avait pas de calcul dans l'attention portée par Abel à son nouveau roman, mais une sévérité et un désir d'en finir avec les histoires de toutes ces familles, cousines, voisines, inventées. Or, ce n'était toujours pas sa propre histoire, comme si je pouvais ici livrer la mienne sans arrachement. C'est inévitablement l'invasion des autres, une décalcomanie, une certaine famille à la fois proche et imaginée au sens où on l'entend ordinairement, apparemment détachée, autre, différente. On change seulement les noms, les prénoms, les noms de lieux et de rues. Abel abandonnera Valentine. Il reprendra le roman à la main, au stylo et à l'encre, sur de grands registres noirs, lignés, comme s'il avait eu besoin de ce contact, de cet épanchement. Nu, au bain, il me croyait clown sur le rebord de la baignoire. Je l'observais en fait, livré à son propre corps, le frottant, le nettoyant, avec si peu de poils que c'en était ridicule, obligé qu'il serait de se vêtir proprement, selon les modes, incapable de lécher ne serait-ce que ses chemises pour les rendre aussi blanches que mon plastron, et surtout de se chausser, chaussettes et chaussures, de perdre le contact avec le sol, macadam, terre ou pierre. J'allais à la fois habillé, comme un sou neuf, pattes nues.

Il y aurait, pendant l'été, dans la maison du Sud, un N° 4, ancien marin qui rêvait de musique. Il revenait toujours quand on ne l'attendait plus et il n'aimait pas le roman en cours. Il connaissait les étoiles. Il racontait de vrais voyages. Il fut ma foi, le plus sympathique des trois que je connus sans compter le régulier. Abel avait installé un petit bureau sur la terrasse. C'est là qu'il écrivait, de jour, face au paysage de la vallée et dans des cris d'oiseaux. Mais avec N° 4, ce fut encore la même histoire. L'un se fiait quand l'autre se défiait et inversement. Le désarroi aidait Abel. Il y puisait, encore une fois, désorienté, du doute, de la sève, de l'émoi. Je crois que le mépris de N° 4 pour le texte en cours donna à l'encre bleue du manuscrit encore plus de ciel et de bleu, une intensité qui ne virerait jamais au noir et à la nuit. Tiffany ne me demandait plus, ne sortait plus. Citronnelle changea de parfum, le nouveau était encore plus fracassant. Tout s'acheva dramatiquement avec N° 4. C'est quoi et comment quand ça se termine bien? Un ami d'Abel nous raccompagna à Paris. Abel resta dans la maison du Sud une semaine de plus. Il y avait du théâtre dans l'air. Je m'attendais à tout, sauf à Tityre.

VINGT-SIX

ABEL posa un sac, sa valise et ouvrit un petit panier d'osier « je vous présente Tityre ». Tiffany prit la fuite particulièrement vite. Une rivale? Ce nouveau Tybalt était donc, encore une fois, une fille mais elle gardera son nom de garçon, « on n'a jamais très bien su » dira Abel avant de se mettre à réciter en latin un poème, l'histoire d'un berger distrait par le vent, dans les arbres. Au fond du panier d'osier, une toute petite chose, une toute petite boule, une merveille à venir, une autre compagne. Toute ma vie n'a été qu'une hésitation entre un désir de possession, de captation, de propriété et le désir d'être mis en doute, reconsidéré, changé par l'autre. En allant au-devant d'un désir que je n'osais plus formuler, Abel faisait aussi conquête et allait au-devant de lui-même. Dans le demi-rêve de la vie, il arrive parfois d'éprouver le sentiment du réel, le soleil après la pluie, la fraîcheur courbe d'un lavabo en pleine canicule ou la douceur d'un pull-over abandonné sur une chaise, pure laine, en plein hiver. J'eus cette impression rare en voyant Tityre pour la première fois. Tout recommençait.

Mi-siamoise, mi-persane, Tityre était une fille née du hasard, de mère noire, avec grand-mère siamoise et de père gris, genre chartreux, avec grand-père persan, d'où le croisement, affaire de chromosomes, vilain mot, les surprises de ce genre, pour nous les chats, comme pour les humains, sautant une génération. Abel ne s'était pas souvent interrogé sur la vie de son grand-père que l'on disait « fantasque, imprévisible » et dont, ne seraient-ce que les photos, avaient disparu des albums de famille. La mémoire, ici, compose et propose la stricte vérité, elle compose quand la réalité est dangereusement plus romanesque que le roman et elle propose ce que l'on a appris de l'autre, après, par allusions, par bribes et par confidences. Tityre était née en juillet, chez des amis voisins de la maison du Sud, le soir d'une représentation en plein air de *Werther,* soir où Abel avait rencontré N° 4, marin, qui connaissait le nom des étoiles et rêvait de faire de la musique. Quand les voisins et amis étaient rentrés chez eux, Mina, leur chatte, avait mis bas sept chatons dans un sac de couchage, disposé dans leur jardin, là où ils avaient l'intention de passer le reste de la nuit, après la représentation, le jour se levait déjà.

Tityre dans le panier : je n'en aurais fait qu'une bouchée. Elle était plutôt du genre Mina, famille nombreuse, que du modèle Mounette, un seul à chaque fois. Elle avait de la distinction, ça se voyait tout de suite au poil. Son premier regard fut d'une douceur extrême, ce qui me toucha droit au cœur et me fit respirer profondément avant d'oser sauter dans le panier d'osier pour la lécher et lui donner le bonjour. Elle n'avait pas été raptée, elle. Bien au contraire. Dernière des sept frères et sœurs à sortir de la corbeille à linge où Mina soignait ses chatons avec adoration, elle s'était dirigée droit vers Abel qui, ce soir-là, était venu dîner chez ses voisins et amis. Abel avait dit « elle m'a choisi, je l'adopte. Tiffauges a besoin d'un copain. D'accord? » Ses amis, jeune couple, un vrai, pas un couple de mounons, quelle importance, devant l'amour il n'y a qu'un sexe, le sentiment est indifférent, avaient hésité. Ils voulaient la garder. C'était la plus belle. Mais elle avait quitté la corbeille à linge pour la première fois, haute muraille, et du dessous d'une table de la cuisine, sans se mêler à ses frères et sœurs qui jouaient sur le carrelage, était allée directement, au milieu du salon, aux pieds d'Abel. A la fin du dîner, la maîtresse de maison avait dit « d'accord, mais si c'est une chatte il faut qu'elle ait au moins une fois des petits. Promis? » « Promis. » C'était une fille. Quel régal. Le vétérinaire, le jour des vaccins, le confirmera en la définissant « du genre balinais, rare parce que ne se reproduisant que par hasard ». Pour les enfants, le vétérinaire dira « pas avant douze à dix-huit mois, elle est trop fine. On essaiera de la marier avec mon sacré de Birmanie ». Une joie pour l'un, une terreur pour l'autre. Tiffany n'accueillera jamais cette autre femelle, pas vraiment plus belle qu'elle. Tityre était seulement moins tigresse et toute douce, une délicate avec la queue en panache, une siamoise à poils longs et aux yeux d'un bleu infini. Ma Balinaise.

Affirmer que j'ai mesuré la jalousie et la peine de Tiffany à l'arrivée de Tityre serait mentir. Je me suis d'abord dit que Tiffany avait peur, comme les chats ont peur d'eux, entre eux, de prime abord, question de territoire et de privilèges. Je me suis dit également que Tityre, à peine sevrée, éveillait en Tiffany un sentiment de mère frustrée. Je me suis inventé des tas de raisons pour avoir bonne conscience et me mettre à l'emploi et au service de la nouvelle venue. J'étais matou, mec, macho, cruel, et je me disais que je ne pouvais pas non plus abandonner la petite. Qui devint grande. Très vite. Comme Tiffany. Avec des manières graciles, tout pour plaire au chat plus très jeune et pas encore vieux, que j'étais. Je me suis même remis à jouer, à galoper, à tendre des pièges et à lui faire des toilettes complètes et véhémentes.

Tiffany passait devant nous en faisant semblant de ne pas nous voir. Ou bien nous soufflait-elle dessus? Je me suis même dit, par tendresse pour elle, et la tendresse se peut cruelle, qu'elle aimait son nouveau rôle. Après tout, elle aurait pu jouer le jeu de l'accueil. Pas un mot. Elle n'adressera jamais la parole à Tityre. A moi elle dira « ce n'est plus de ton âge » ou « vraiment, avoir vécu ce que nous avons vécu pour en arriver là ». Et cette manière de me dire « je vous laisse faire, mais je n'en pense pas moins ». Abel achevait le roman qui l'occupait depuis des mois. Tityre se laissait attraper, elle. Abel l'embrassait avec fougue et plaisir, comme s'il allait la dévorer. Moi aussi, instants fulgurants, je connus un peu de jalousie. Tityre, en plus, souvent devant Tiffany la belle indifférente, me dira « qui c'est, la dame, là? »

Si tout le monde pouvait se réjouir en même temps, en temps voulu, au même instant, quand la fête se peut, quand le miracle se produit. Je crois sincèrement qu'Abel avait pensé que Tiffany maternerait le petit. Voilà, c'était une petite. « Entière » comme disent les vétérinaires, avec promesse de toutes sortes d'avenirs, et Tiffany choisira le rôle de l'exclue plutôt que celui de l'alliée. Comme si le drame, à la manière des comédies de couloirs d'appartement, était nécessaire à l'intrigue. Abel, avec ses ruptures successives, nous avait donné le goût de l'échec, un sentiment de fin de siècle tragique, une incapacité à se réjouir et à festoyer, alors que tant et trop annonçaient le malheur et la crise, partout. J'aurais pu paterner avec Tityre, me contenter du rôle de précepteur. Mais l'attitude de Tiffany me força à jouer le rôle du vieux-beau, du joli-cœur. Voilà que je me cherche encore des raisons. En fait, j'étais ravi. Et Tiffany remarquable, parfois sublime, dans le rôle de la délaissée, de la méchante, touchante, pathétique. Et Tityre me répétait, naïvement, au moment des repas « qui c'est la dame, là? » « Chut, c'est Tiffany, et elle t'aimera comme je t'aime. » Tiffany finissait son plat et détalait, grandiose. J'étais pourtant sincère, mais, dans le drame, tout se retourne contre vous, les rôles étaient distribués et la question de Tityre, en leitmotiv, devint de moins en moins innocente. « Le gros, qu'est-ce qu'il écrit? » « Un roman pour un jardin. » Je ne sais pas pourquoi j'ai répondu ça. Les chats ont de la prescience. Tityre avait de l'empire.

Le premier déplacement pour la maison du Sud eut lieu en bagages séparés, Tiffany et moi dans la malle, Tityre dans son panier en osier. Citronnelle dira en la voyant pour la première fois « au moins celle-là, elle est belle. Et elle est gentille ». La gaffe. La nuit qui suivit, je dormis avec Tiffany. Tityre attrapera froid. Abel terminera son roman. Nous attendions l'an neuf. J'entrepris une cure d'amaigrissement.

VINGT-SEPT

TITYRE roucoulait quand on l'appelait. Ce n'était ni un miaulement qui avorte ni une parole matée ni un ronronnement débutant, car elle ne ronronnait pas non plus, mais l'amorce d'une chanson, une émotion qui lui venait du ventre, que le bonheur et la stupeur bloquaient dans sa gorge, alors elle trébuchait, entrechat, chavirait un très bref instant, comme si elle allait s'évanouir, se ressaisissait et venait droit vers nous. Vers Abel que cela faisait sourire ou rire à chaque fois. Ou vers moi qui commençais à ne plus la dévorer que du regard. Elle aimait nos bagarres. A chaque appel, une pâmoison. Une vraie star. Elle faisait les yeux langoureux si on la fixait du regard. Elle avait les yeux merveilleusement dessinés, un maquillage *ad vitam aeternam,* du latin, ça lui allait bien. Je lui enseignais toutes les bêtises à ne pas faire, scrupuleusement. Elle les fit. Devant Abel. Au plus grand dam de Tiffany, qui vérifiait attentivement si, elle aussi, était punie. Abel écrivait régulièrement à ses amis du Sud des cartes et des lettres signées « Tityre » leur donnant, ainsi qu'à Mina, des nouvelles de celle qui était « montée à Paris ». Sans doute se sentait-il un peu coupable d'avoir ravi et d'avoir été ravi par la plus belle de la portée dite « Werther ». Une lettre me rendit perplexe. Abel y expliquait que Tityre aurait des petits mais qu'il faudrait attendre quelques lunes, un ou deux solstices. Des petits? De qui? « A quoi penses-tu, Patapou? » demandait Tityre après nos bagarres au moment des toilettes mutuelles. Je répondais « à rien. Je te le dirai plus tard. » « Alors tu penses vraiment à quelque chose. » La finaude. Elle m'appelait Patapou. C'était gentil. Cela faisait rire aux éclats Tiffany qui, comme une folle, partait alors du côté de la forêt de ma tête où il n'y avait que de la nuit. J'aimais mordre Tityre. Elle criait et me suppliait de recommencer. Où finit la jeune fille innocente et où commence la femme fatale? Tityre était une vamp. Une saga en soi.

Tiffany me dira « à quoi sert une scène de ménage s'il n'y a pas de témoins? » Même si je m'employais à éduquer Tityre avec un intérêt certain et une convoitise que je ne peux pas nier, Tityre sut se faire une place et prouva qu'elle avait du cran. En ce cas terrible, fameux « triangle » et l'occasion pour les deux plus vieux de donner le spectacle de je ne sais trop quelle « dynamique du couple », les minauderies et l'arrogance ne suffisent pas. La petite qui, très vite, devint grande et désirable avait bien décidé de conquérir. Elle ne faisait pas la star, elle ne jouait pas à la vamp : elle était star, vamp et fermement décidée. Son « c'est qui la dame, là? » n'était plus vertueux, l'avait-il été, la première fois peut-être, et son « Patapou » me tenait dans une distance, donnait un âge à mon rôle et à ma corpulence. C'est Abel qui fut le plus séduit. Tityre avait compris que la conquête du territoire passait d'abord par lui. Aussi vérifia-t-elle scrupuleusement si tout ce que je lui avais conseillé de ne pas faire était véritablement interdit et trouva-t-elle ostensiblement du plaisir, comme une jubilation, à chaque punition. Elle existait, un peu plus encore. Elle faisait sa place. Et il y avait de la gravité dans sa manière de faire des grâces, de chavirer à l'appel, de jouer des cils au regard et, sur le bureau, de se cogner la tête contre Valentine pour demander encore plus de galanteries. Surtout sa démarche. Cette manière, heureuse et alerte, de tenir sa queue à longs poils, à la verticale, en point d'interrogation, dévoilant son anatomie, petites bouches roses délicieusement serties dans deux joues de fourrure un peu plus claire, une vraie danseuse nue. Elle était joyeuse. « C'est obscène », disait Tiffany. « Ça veut dire quoi, obscène, Patapou? »

Tityre trouva les scènes avec les mounons très amusantes et instructives, toujours au premier rang de la porte vitrée du salon. Elle ne porta jamais aucun jugement sur Abel et, quand il la tenait contre lui, lui léchait une ou deux fois les moustaches puis éternuait. « C'est pas du poil mais du crin » me dira-t-elle. « Alors pourquoi le fais-tu? » « Je rêve », répondra-t-elle « ça le chatouille et il me lâche plus vite, plus vite que toi, Patapou ». « Ça vient d'où, Patapou? » « Tu préfères Patapouf? » Avec mes femmes, ni l'une ni l'autre, la fascination de l'une et l'adoration de l'autre, je me suis retrouvé aussi seul qu'avant. Je m'interdisais par orgueil de le signaler à Abel qui, sitôt achevé le roman du jardin, le roman de la promesse du chêne, avait inauguré le roman d'origine de tous les autres, son roman, sa vie, la biographie, plus rien de cousin, plus rien de voisin. C'était déjà le printemps. Tityre avait eu ses premiers frémissements. Je dois avouer que j'en ai profité en tout bien tout déshonneur, sans aucun risque, pour la calmer et pour me satisfaire. Mais ce n'était jamais jusqu'au bout. Tiffany, plaquée au sol, me demandait encore « je rêve, moi aussi, tu sais ». « Tu m'en veux? » « Ne bouge pas. Ne dis rien. Je ferme les yeux. »

Les nuits de lune, Abel aussi ne dormait pas. Les humains, bipèdes, ne sont capables que de cruauté comme si c'était là l'unique manière de mesurer leur humanité. Régulièrement, cycliquement, ils croient se libérer, ils se targuent de toutes sortes de révolutions. Un chat, c'est tant de vies en une vie. La cruauté commence à l'animal domestiqué. Je peux donc témoigner. Désinhibés, libérés disent-ils, les chargés de Raison découvrent alors le cynisme. Il faut en ce cas, privilège du chat et de tant d'autres du genre animal, les laisser se caricaturer eux-mêmes, qu'ils soient méprisables, sincères et brisés, comme Abel, ou trompeurs et triomphants, comme les autres s'ils ont le goût du fiel. « A quoi penses-tu ? » demandait Tiffany. Si au moins j'avais pu fumer, allumer une cigarette et ne pas répondre. « T'es bien pensif, Patapou » remarquait Tityre. Pis, elle disait « t'es bien pensou, Patapif ». J'aurais voulu pouvoir m'amuser de tout cela. Je voulais maigrir. Je grossissais. La vie c'est tout miel ou tout fiel.

Il y eut une visite de la télévision. J'avais vu cette étrange boîte à images, toujours allumée, du rebord du toit, dans la maison du Sud, par la fenêtre de la voisine d'en face, madame « petit fauve et petite Fanny », et entendu le bruit de cette boîte, surtout les westerns de l'après-midi et les films policiers du soir, tant de coups de feu, tout le temps. A la fin de mon roman, il n'y aura qu'un seul « pan ! » La télévision nous rendit visite et quel chamboulement dans l'appartement, des câbles, des spots et plein de gens à l'ouvrage autour du bureau d'Abel. C'était une émission sur *Les Chats et la Musique.* Comment nous avoir tous les trois, ensemble, avec Abel ? Trop de bruit, trop de remue-ménage. Même les objets du bureau avaient changé de place. Abel avait fermé la porte de la chambre d'amis pour que Tiffany ne puisse pas se réfugier dans le sommier de son lit. Sitôt qu'Abel revenait en la serrant très fort dans ses bras, elle s'échappait comme une diablesse, d'un coup de reins, toutes griffes dehors. Tityre voulait, elle, rester seule en premier plan, c'était ça ou rien. Elle sautait du bureau, les câbles et le désordre, c'était plus rigolo. J'adorais ça et je fis l'émission avec Abel. Clap. Questions. Réponses. Abel avoua qu'il ne pouvait pas parler à notre place. « Je crois qu'ils écoutent. Les voix surtout. L'opéra. La musique de chambre. » C'était quoi, la musique de chambre? Il faisait une chaleur torride. Tout le monde était très nerveux. Clap. Questions. Réponses. Après le tournage, en remettant de l'ordre, Abel était furieux d'avoir accepté de se prêter à ce jeu. Nous eûmes droit à des félicitations. Même Tiffany, Abel le bras tendu vers elle, dans le vide. Ce qui compte, c'est l'ébauche du geste, autant que le geste lui-même. A ma connaissance, je crois qu'Abel, pendant toute ma vie de chat, n'acceptera de parler de nous qu'une seule fois et sans nous nommer. Le texte s'intitulait *Deux ou trois choses que je ne saurai jamais d'eux.* Il y eut, aussi, souvent, des séances de photographie. Abel était mal à l'aise. Pas moi. Toujours présent. Je n'avais pas peur de l'objectif. Lui, oui.

VINGT-HUIT

Il y eut de violentes périodes de grève. Nous refusions désormais les boîtes de *Supramatou,* ainsi que les *Minouchettes au lapin,* les *Matou volaille* et les *Katmandou boulettes de bœuf.* Tiffany était la meneuse. Une vraie reine des barricades. Pour un peu elle aurait défilé dans les couloirs avec des pancartes du style « changeons de vie, changez de menu » ou « l'imagination au pouvoir ». Ce que Cahin-caha nous servait le matin restait dans l'assiette. Même revendication pour le sable à chat du bac blanc qui n'était plus d'aussi bonne qualité. Ce n'était plus du *Bonheur des chats* mais du *Sahara chatounon,* plus compact et douloureux aux pattes. Cahin-caha nous dénoncera « ils ont fait dans l'entrée. Je crois que c'est Tiffany ». C'était bien elle. Tityre et moi suivions la meneuse. Abel dut acheter des *Gourminet pur bœuf,* et des *Trois Etoiles au foie de génisse.* La même pâtée, dans d'autres boîtes, même fabricant et plus coûteuses. « Nous avons gagné » dira Tiffany. « Vous n'avez pas fini votre part, madame » lui lancera Tityre, une des rares fois où elle lui aura adressé la parole. Pour le sable à chat, ce fut désormais du *Minet Orgueil,* légèrement parfumé à la fougère et, en principe, auto-nettoyant pour le fond du bac. Double victoire, vraiment?

Le roman du jardin avait été accueilli sans enthousiasme particulier par l'éditeur d'origine, encore un roman d'Abel, la suite et jamais la fin, de l'inachèvement, de l'insatisfaction et une demande de plus en plus pressante. Abel taisait sa déception devant tant de silence, « tous ces livres publiés dans des corbillards ». Le roman en cours le captivait, roman de lui, roman d'origine et la rébellion des boîtes et du sable ne l'affectera pas dans son travail. Pourtant, il tenait dans ce roman le journal du roman en train de s'écrire et nota les faits du quotidien. « Comment, me dira Tiffany, il ne parle pas des manifs dans le roman? » « Tu vois que tu écoutes quand il relit. » « Idiot. » « C'est celui qui dit qui est. » Tityre se pavanait en écoutant nos chatounneries. J'imaginais Tiffany en tailleur strict avec un chignon sec, sac en faux croco et foulard noué. J'imaginais Tityre en robe du soir blanche, vaporeuse, sur une terrasse, au bord du lac Majeur, avec un fume-cigarette incrusté de vrais diamants, cadeau d'un lointain cousin, sultan, qui en fait avait été son amant : j'imaginais. La jalousie.

Je venais simplement, ou bien douloureusement, après tant de temps, chat qui va et qui revient, qui vit et qui revit, qui n'avait pas pris le temps d'écouter les autres quand il avait été humain, de me rendre compte que l'habitude était aussi une forme de cynisme. En précipitant Tityre entre Tiffany et moi, Abel avait rompu une habitude parce qu'il avait été séduit, choisi. Tityre me dira même « je suis allée vers lui parce que j'avais vu ses moustaches, pourtant un chat qui fume ça n'existe pas ». Il nous fallait, à tous les trois, y compris lui, tout recommencer, tout remettre en question, tarabuster, de nouveau se diviser, se réunir, et pourquoi pas adorer. Car Tityre était adorable sans être futile, un pelage sans défaut virant du brun pour l'échine à un coloris pêche ou sable, un peu rose sous le ventre et des coussinets de pattounettes comme de l'ébène, le museau noir comme un point de fard. Pour Tiffany dans sa colère, moi dans mon ébahissement et Abel dans la fierté, elle obligeait à tout reconsidérer en nous-mêmes et à rompre des silences qui n'avaient même plus assez de sens. Nous étions comme ragaillardis par l'irruption de cette belle femelle au nom de pâtre rêveur. Pour la musique, mais l'équipe de télévision n'était plus là, elle était au premier rang, pattounettes repliées. Elle m'avait vu faire le sphinx, ainsi, et elle écoutait. Bouleversée. Comme si elle avait déjà chanté. Tityre était d'une autre époque. Une rareté. Tout ce qui vient de moi surgit d'un autre temps où les rêves avaient cours, où les voyages étaient encore possibles. J'ai rêvé, un jour, que je m'étais perdu dans les forêts de ma tête et qu'il y faisait sombre. Tiffany me suivait et murmurait « ne va pas trop vite, s'il te plaît ». Tityre s'était perdue. Nous l'appelions. Ou bien était-ce elle qui était en train de nous perdre? Abel nous faisait de l'ombre. C'était une forêt sans aucune clairière, les humains n'étaient pas encore arrivés, forêt inviolée, une énigme de chat.

Il y avait en Abel un enfant qui n'avait pas grandi, capable encore de s'émerveiller, et que tout terrifiait. Quand Cahin-caha, ou Citronnelle aux beaux jours, changeait le sable du bac blanc, Tiffany était toujours la première à aller gratter et faire ses besoins. Elle n'y allait d'ailleurs qu'à ce moment-là, « un droit d'aînesse, disait-elle, pour cette intimité, je ne partage plus. Avec toi, à la rigueur, autrefois. Mais maintenant, il y a l'autre. » Il y avait, en elle et en moi, un sentiment de couple qui n'avait pas pu grandir et comme un regret éternel. Dommage.

Désormais, nous voyageâmes tous les trois. Abel allait d'abord chercher Tiffany puis il me ramassait au passage, me plaquait contre elle, et nous fourguait dans la malle en fermant violemment le couvercle. Après seulement, il jetait Tityre entre nous. Elle était plus fine, plus mince. Clap, clap : même pas le temps de réagir. Il y eut des drames de queues coincées mais pas de miaulement de rage, plutôt de la stupéfaction parce que Tiffany avait l'habitude, lorsqu'elle croisait Tityre, de lui souffler dessus systématiquement et que là, enfermés, face à face, elle pouvait souffler une fois, deux fois, mais pas pendant tout le voyage. Qui dira la solitude de Tiffauges, au milieu de la malle, pour équilibrer le poids pendant le transport, et surtout séparer l'aimante pas vraiment méchante mais touchante, de l'aimable parfaitement désirable mais finaude, toutes deux faisant semblant de dormir, observant l'autre, et je faisais rempart? Pas Tiffauges, pas moi. Abel avait besoin de son autre main pour porter sa valise avec ses effets, ses dossiers et ses textes. Et nous trois. Tous les trois. Ensemble. Malgré tout. Il y a de l'aigre-doux, brusquement, dans mon histoire. Je n'osais pas regarder Tityre en présence de Tiffany. Si Tityre me parlait, même lorsque Tiffany était loin de nous, je lui répondais à mi-voix. Souvent elle me faisait répéter : elle n'avait pas entendu ce que je venais de lui dire. D'où venait que je baissais les yeux lorsque Tiffany revenait vers moi, pour un câlin, comme avant? « Surtout, ne dis rien, murmurait-elle, la petite dort. » Et en plus, il fallait que je me taise?

Dans la maison du Sud, les murs couverts de vigne vierge bourdonnaient. C'était l'été, femmes langoureuses et notre auteur à la tâche du journal du roman de sa vie, se cognant à la vitre des pages comme un enfant peut le faire si le paysage appelle, au-dehors; Abel rivé, obstiné. Tout devait s'achever le jour de ses quarante ans, fin septembre? Le journal ce jour-là et le récit de sa vie se rejoindraient? Plus j'écoutais les passages qu'il lisait à voix haute, plus j'avais un sentiment de plongée et de noyade dans la partie écrite au présent, au fil du temps de l'été, et plus les chapitres rétrospectifs, ceux de sa vie passée, me donnaient l'impression de refaire surface, de pouvoir respirer enfin, reprendre souffle, à la limite de l'asphyxie : le passé comme un présent. Un vivier. Tityre s'approchait de moi, la queue en panache, trébuchante si je l'observais, et me disait « lèche-moi Patapou, il va y avoir de la visite ». Il n'y avait jamais de visites. Ou si peu. Je m'en voulais pour Tiffany. Il y avait du doux-amer dans notre vie. Je ne pouvais pas jouir. Tiffany me le lancera à la gueule en présence de Tityre un soir où Abel tardera à nous servir le repas. Je ne pouvais pas jouir pleinement de la présence de Tityre. Une bien plus considérable jouissance, cette présence. Tityre tombera du toit en essayant d'attraper un oiseau. Un chat retombe toujours sur ses pattes. La rue lui était inconnue et le chien noir la traquera dans un coin de mur. En la délivrant, Abel se fera lacérer les avant-bras, mordre les mains et carrément ouvrir un doigt, l'index de la main droite, celui qui tient et guide le stylo. Couvert de pansements, Abel poursuivra son roman. Un roman, on est toujours en train de le poursuivre, il vous devance. Tityre me dira « je ne voulais pas attraper l'oiseau, je voulais m'envoler ». Le soir elle m'avouera « j'ai eu très peur. Je t'appelais. Je t'aime, Patapou. »

VINGT-NEUF

Où il sera question du matin des chats. Le matin. Quand on a l'impression que tout est possible. La demande amoureuse serait-elle plus importante que l'acte amoureux en soi, l'aboutissement de l'étreinte? La demande et sa permanence, sa durée? Entre deux chattes demanderesses, ma stupeur fut immuable, un écartèlement qui, tout en étant délicat et douloureux, ne m'inspirait pas moins du plaisir. Un plaisir toujours inachevé. En me faisant castrer, Abel avait peut-être, aussi, veillé à ce que je souffre et me régale d'un plaisir qui ne pourrait jamais aller jusqu'à la satisfaction, comme pour lui, devant la page. La nuit, les chats se voient tels qu'ils sont. Ils vivent.

Où il aurait été question de nos matins et de l'aube, du signal d'un cri d'oiseau, du chant du coq, du premier métro qui passe sous l'immeuble, de la première personne qui prend l'ascenseur ou qui descend l'escalier, du premier éclat de voix dans la rue de la maison du Sud, le chien noir venait renifler sous la porte, j'étais le seul de nous trois à oser m'approcher, l'homme devant, les femmes derrière, la rivalité de Tiffany et de Tityre m'enthousiasmait et je faisais tout pour être à la hauteur de mon rôle. Où il aurait été question du jour qui se lève, des humains qui se réveillent, des humains qui imposent leurs langages, leurs lois, leurs fracas et leurs mélancolies. Les nuits étaient mes jours, je pouvais mieux réfléchir. J'y voyais très clair, la nuit, et elles aussi, mes toutes deux, mes T & T, mes inassouvies. Je régnais. Les forêts de ma tête devenaient moins sombres, le soleil chamaillait au faîte des arbres, les fougères géantes sentaient bon et je me léchais dans des lits de mousse, guettant le reptile ou le crapaud, la fourmi ou la belette. Je faisais toutes sortes de conquêtes. Dans mon royaume, tout était encore à conquérir.

Où il aurait été question de la possibilité de se dire en ne disant que les autres et de la jubilation de la parole prise, malgré tout, ici. Tout est fable. Tout parle. Tout de l'humain crie. C'était, cette fois, pour de vrai, une terrible et tragique fin de siècle. L'enfant Abel ne l'admettrait jamais. Où il aurait été question de l'indépendance, cette attentive dépendance quand on sait, à l'écoute et au silence, mesurer le sentiment qui vous lie aux autres et vous sépare d'eux en même temps, on est si vite demandeur d'une caresse de plus, d'une caresse de trop.

Où il aurait été question de la colère qui guette et du matin qui invite, on croit que tout est possible, tout a de nouveau une odeur, une saveur, un contour différents, on se dit que tout peut recommencer sans rivalités excessives, petites ou grandes guerres, sans plus aucune haine ni hantise, puis tout se détériore, tout se déglingue et tout se reproduit, comme la veille. On aurait presque peur du lendemain. Mais il y a une nuit et de nouveau un matin. Ainsi de suite. C'est quoi la notion du temps? De jour en jour c'est pourtant de l'histoire, avec ses fêtes et ses drames, ses faits divers, la vie de l'un, même chat ou chèvre ou chien, et la vie de tous, quoi de plus ordinaire et de plus subtil? Quoi de plus simple et de plus évident? Notre vie à quatre, entre quatre murs, c'était ni plus ni moins que la vie de tout le monde, toute la vie, de la vie.

Où il aurait été question pour chacun de nous d'y croire, malgré tout, obstinément, sans aucun heurt. Où il aurait été question de Tiffauges, de Tiffauges pour le pur plaisir de ronronner, de rivaliser, de bouffer, de baiser et pourquoi pas de mourir afin de pouvoir revenir et de voir où en est le monde. Abel était le passager de l'histoire, pas moi, pas nous, pas Tiffany, Tityre et moi. Si j'avais su, dès le début, je n'aurais rien écrit, jamais. J'ai même rêvé que Valentine tapait son propre roman. Ça va aller très vite. C'est la fin. On ne joue plus. A quoi ça sert de tricher avec la logique d'un conte, sa chronologie, le temps encore, et pourtant, je m'y tiens? « T'es pas un peu fou, Patapou? » me dira Tityre. « Tu grossis, c'est le déclin, et je ne comprends plus ce que tu me dis » murmurera Tiffany une nuit où, le vent soufflant fort dans les forêts de ma tête, le cœur gros comme ça, je m'approcherai d'elle pour la confidence et un repos. Où il aurait été question d'être un chat comme les autres.

Il était une fois un chat qui disait « l'encre bleue devrait chanter un peu ». Dans les journaux, il était écrit, *La rage est maintenant aux portes du royaume*, et, en grand, *Un chat enragé mord sa maîtresse*, puis, *C'est le 2000ᵉ cas recensé depuis le début de l'année. Il est indispensable de faire vacciner et tatouer les animaux domestiques.* Dans le texte qui suivait, *Massacre organisé, au début du mois dernier, le royaume a été officiellement déclaré « infesté » par le ministère de l'Agriculture : pour que la décision soit prise, il suffit qu'un seul cas soit recensé, qu'il concerne un animal domestique ou un animal sauvage. Il est évident qu'il faut prendre des précautions pour que le fléau du XIXᵉ siècle ne recommence pas à tuer des êtres humains, mais il ne faut pas pour autant se réfugier derrière ce prétexte pour en arriver aux déchatisations systématiques, aux massacres organisés de vulpins, toutes méthodes qui depuis la réapparition de la rage dans le royaume n'ont pas permis l'éradication d'un mal qui, grâce à une prophylaxie dûment appliquée, a épargné jusqu'ici les humains.* Il était une fois un chat qui se mit à écrire sa vie après sa mort, moi, je, Tiffauges, et l'encre bleue vira au noir, tant par la force des choses que par la faiblesse des êtres. Il avait tenté, lui aussi, comme son mounon de maître, l'impossible : dire et se dire, écrire, finalement s'écrire. Et pas de chant, même pas le bénéfice du doute. Une autre peste menaçait le royaume dont personne ne parlait; la sincérité passait désormais pour suspecte; à l'appel au secours plus personne ne répondait, passants, célibataires, indifférents. Chacun pour soi, tout était dit, rien n'était dit, tout était su, sondé, analysé. A quoi cela servait-il?

Il était une fois un chat qui vécut bien, choyé, vacciné, pas tatoué, qui courut à sa perte en ne pouvant rien faire pour empêcher son Abel de maître de courir à la sienne, simplement parce qu'il lui manquait la parole usuelle. Cette parole qu'il ne prendra qu'après, trop tard. L'encre bleue ayant viré au noir de l'imprimerie interdirait le chant. Il était une fois un chat qui, comme son maître Abel, aurait tant voulu pouvoir écouter de la musique en direct, en salle de concert, au vif et pas seulement sur disques, le son est alors si parfait qu'on voudrait pouvoir hésiter, avoir peur, le contact de l'archet, les attaques, le doigté, le souffle, la note brusquement juste. Il était une fois un chat qui avait le souvenir d'une autre vie, avant, autrefois, un concert en plein air au bord du lac Majeur et une épouse aimée qui l'avait quitté ce jour-là parce que tout était trop beau et douloureux, entre eux. Comme si la beauté pouvait être vécue sans douleur. Il était une fois.

Le jour des quarante ans d'Abel, dernier jour d'écriture du roman d'origine, jour où le journal du roman s'écrivant rejoignait le texte en strate oblique, récit de sa vie passée qui était devenu l'histoire d'amour de ses parents, leur passion, sa mère mourut. En dernière page, dernier chapitre, daté, 24 septembre, après avoir écrit *ma mère est morte ce matin* Abel avait ajouté, *ces choses-là n'arrivent que dans la vie*, puis l'avait barré avant de partir très tôt le matin pour sa ville natale, dans l'autre Sud, afin de préparer l'enterrement, nous confiant à Citronnelle qui ne vint plus à la maison qu'un fichu noir sur la tête, chemisier gris, en deuil, c'était touchant. On se refait partout, toujours, des familles. Retour à Paris. Le roman du jardin avait été publié et accueilli de manière mitigée. Un critique avait écrit qu'Abel était *atteint d'incapacité syntaxique*. Son éditeur lui dira « il paraît que, cette année, ils vont donner le prix Tout-Court à une autre maison d'édition, vous en profiteriez par la même occasion ». Abel quittera la capitale pendant un mois pour la ville des gratte-ciel où j'avais séjourné après l'incident du lac Majeur, maintenant tout se précipite en mémoire. C'est trop tard. Abel reviendra un dimanche, veille d'un lundi où l'on annoncera qu'il « avait » le prix. Ç'aurait dû être le plus beau jour de sa vie. Cahin-Caha me prit dans ses bras et m'emmena dans sa loge pour que je le voie à la télévision. « Et moi? » dira Tityre. « Et nous! » lancera Tiffany. Pendant toute la journée on demandera à Abel « Avouez que ce n'est pas votre meilleur roman ». Le soir, au journal télévisé, un monsieur poupon annoncera un incendie dans un hôtel à Las Vegas, quatre-vingt-dix morts, Abel se dira « j'ai pensé : les morts du jour », puis le meurtre de l'épouse d'un grand philosophe par ce grand philosophe « un geste de démence », Abel se dira « il rend la justice » et, « aujourd'hui traditionnel déjeuner place Gaillon, c'est Abel Untel qui l'a enfin emporté au septième tour ». Abel se dira « pourquoi enfin? ». Et, se tournant vers Abel, le poupon ajoutera « alors Abel Untel, c'est une victoire pour l'homosexualité? » Abel s'était tu. Une ou deux secondes, et il avait répondu « je n'aime pas le mot de victoire, je préfère celui de consécration car il me fait penser au temps consacré à l'écriture ».

Il était retombé sur ses pattes. Comme Tityre quand elle avait voulu s'envoler du toit de la maison du Sud. Le lendemain matin, l'ogre, qui faisait partie du jury, appellera dès l'aube « tu n'étais pas obligé de répondre aux questions », pour conclure, avec humour, comme une sécheresse, sa manière fraternelle « tu n'es qu'un mécréant ». Une dame de la radio devait appeler à dix heures tapantes, pour des questions en direct. Cela donnera un « merci d'être avec nous si tôt car vous avez dû faire la fête toute la nuit. La question, ce matin, c'est : qu'est-ce que vous emmèneriez sur une île déserte? » J'étais sur le bureau, couché sur la pile de télégrammes, douce couche, du vrai moelleux. Abel répondit « sur une île déserte? J'emmènerais mes chats! » « Non : quels objets? » « Madame, on emmène quelqu'un et on emporte quelque chose, or... » « Merci! » Clang. Dame fâchée. Fin d'émission. Tityre sauta sur le bureau. Tiffany fit une apparition d'un peu plus près. Là, brusquement, pour tous les quatre, ce fut la joie. Et s'il était parti sans nous? « Tu crois qu'il y avait un réfrigérateur sur cette île » demandera Tityre. « Du sable partout, très fin, rien que pour soi et dormir à l'ombre des palmiers » avouera Tiffany.

Où il aurait été question de refaire le monde et de ne plus accuser demanderesses et demandeurs « d'être soi », de vouloir régler leurs comptes, manière de les évacuer, une épuration ordinaire dont on ne parle surtout pas. Gare à celle ou celui qui prend la parole. Gare à toi, Tiffauges. Il était une fois un chat énorme, sur un lit de télégrammes. Certains se réjouissent. Pas tous. Jamais en même temps. Pourquoi? Il était une fois un chat qui demandait pourquoi.

TRENTE

C'EST toujours la femelle qui va chez le mâle, sinon rien ne se passe. C'était un peu le cas des mounons qu'Abel ramenait à la maison et qui nus, hommes, se comportaient en femmes. A la première lune de l'année suivante, Tityre aura ses frémissements et ira passer un samedi, un dimanche et un lundi, au domicile de notre vétérinaire afin de rencontrer le fameux sacré de Birmanie. « Pourvu que ça marche pour elle, me dira Tiffany, tu vois que je l'aime. Malgré tout. » Tityre reviendra encore plus frémissante et inassouvie. « Il n'a pas voulu de moi, me confiera-t-elle, et puis il était parfumé, comme Citronnelle. » Pour fêter cet événement, nous fîmes des folies de nos corps. « Je veux des enfants » murmurait Tityre. Je répondais « tu les auras, Abel l'a promis ». « Tu es fou d'elle, me dira Tiffany d'un ton définitif, désormais, je t'interdis de me toucher. » Elle aussi avait ses frémissements. Elle les « faisait » toute seule, la tête en avant, des roulades, les quatre pattes en l'air, dans son coin, loin de nous. Tityre était devenue ma favorite, ma roucoulante. Comme si elle avait voulu imiter les pigeons qui ne venaient plus sur le balcon.

Elle s'appelait Marie. Elle était jeune, très belle. Elle vivait avec Pierre, de vingt ans son aîné, un fou de femmes qui ne prenait que peu le temps de vivre avec la compagne qu'il avait dans sa vie et il en avait toujours une, lui devant, elle derrière. C'était de l'acquis. Il voulait toujours mieux. Je les ai souvent vus en visite, dans la maison du Sud, Pierre toujours pressé, et Marie, lui disant « vous », jamais « tu », ainsi le tenait-elle dans ses rets et la liaison durait depuis quelques années. Un record pour Pierre. Seulement voilà, elle voulait le mariage, elle voulait des enfants, et Pierre avait été marié, avait déjà des enfants. Tout se gâta. Marie le tenait. Pierre n'était pas sans apprécier d'être tenu. L'été, Marie venait se réfugier chez nous, une manière de fugue, pour faire peur à Pierre. Pierre alors appelait « Marie est chez toi? J'arrive. » Où il ne sera pas question du rôle dangereux que les couples, dits normaux, font jouer aux célibataires. Les confidences faites, sur le coup, coupent ensuite l'amitié. Cela ne fait qu'ajouter au solitaire du célibataire. Toujours est-il que quelques jours après l'échec des noces avec le sacré de Birmanie, Marie appela en pleine nuit : Pierre était parti avec une certaine Delphine, pour Amsterdam. Marie annonça qu'elle avait déchiré toutes les photos que Pierre avait prises d'elle, crevé les tableaux qu'ils avaient achetés ensemble, jeté les carnets sur lesquels Pierre avait tenu le journal des voyages qu'ils avaient faits tous les deux. Elle était rentrée chez elle, dans son appartement de jeune fille, avec un chat trouvé dans la rue, au sortir de l'Opéra, représentation de *La Femme sans ombre*, et qu'ils avaient appelé Barak, comme le baryton basse de l'œuvre en question, un teinturier. Le drame absolu? La fin des demi-teintes? « Je vais me tuer » dit Marie. « Si tu m'appelles pour me le dire, c'est que tu ne vas pas le faire » répondit Abel. J'aurais voulu pouvoir applaudir. Un chat entend tout ce qui est dit au téléphone et tout ce qui est répondu. La conversation fut assez brève. Comme si Abel avait eu l'habitude. Il faut se méfier alors d'agir en expert. Il proposa à Marie de venir dormir chez nous. Elle refusa. A cause de Barak « c'est mon chat, je l'aime. Il est fou, la lune peut-être, il pisse sur les rideaux, sur la moquette, sur le canapé, partout, je ne peux même pas ouvrir les fenêtres sinon il sauterait ». « Viens tout de suite, lui dit Abel, je ne peux rien pour toi mais je peux quelque chose pour lui et si Pierre revient, il faudra remercier Tityre. Prends un taxi. Je t'attends. »

C'était le milieu de la nuit. Abel mit Tityre dans le panier d'osier. Elle avait grandi. Elle y tenait tout juste. Il lui dira simplement « tu vas chez Barak ». Le taxi attendait sur le quai. Marie ne fera qu'embrasser Abel en lui disant merci. Moi, je pleurais. Il faisait clair de lune. La nuit était extrêmement douce. Abel alla se recoucher.

Le lendemain matin, au petit déjeuner, Tiffany fera l'étonnée « elle n'est pas là? J'espère qu'elle ne reviendra plus. Ne t'approche pas, je griffe ». Trois jours plus tard Abel ira reprendre la petite, découvrira Barak, un monstre, borgne, trois quarts de queue, patte avant gauche torse, ni gris ni roux ni blanc ni brun, un peu de tout, un vrai King-Kong des poubelles, et Tityre comblée, ravie, exténuée. Il pleuvait. Il s'était remis à faire froid. La lune avait chaviré. Les bateaux dits Mouche passaient et repassaient, hérissés de parapluies noirs. Il y avait du deuil dans l'air. De retour à la maison, désespéré, Abel brandira Tityre hors du panier « dis-moi que tu n'as rien fait ». Il se reprendra, comme à bout de souffle, « dis-moi qu'il ne s'est rien passé, et je vais te laver ». Elle aura droit à une toilette dans le lavabo du maître, avec son gant et de l'eau froide. Tiffany ricanait dans son coin. « C'est bien fait pour elle. On choisit tout de même. Moi, à sa place... » « Tais-toi! » « Tu veux le dernier mot, je te le donne. » « Merci. » Tityre se sèchera contre moi, dans mes pattes « Ça y est Patapou » et « c'est fait, tu m'en veux? » Nos jeux reprendront. J'avais un plan. Je fis particulièrement du bruit pendant les étreintes avec Tityre. Un matin, en la croisant dans le couloir de la cuisine, je dirai à Tiffany « ça y est, j'y suis arrivé, tralala! » « Et moi alors? » « Toi? Tu ne veux plus que je te touche! » Marie et Pierre vivaient de nouveau ensemble avec Barak. La mystérieuse Delphine était partie pour l'Extrême-Orient.

Pourquoi ai-je menti à Tiffany? Par amour-propre? Par orgueil? Et si ç'avait été par amour, par amour manqué, comme un rendez-vous? Je me souviens d'un précepte dont nous avons, de naissance, le secret et l'usage, *le chat fut d'abord créé, individu unique, pour qu'on sût que quiconque supprime une existence, le Texte d'origine le lui impute exactement comme s'il avait détruit le monde entier.* En mentant à Tiffany, j'ai tué. Quelques semaines plus tard, brusquement, alors qu'Abel espérait que ce mariage forcé ne donnerait rien, le ventre de Tityre se mit à gonfler comme une montgolfière. Abel acheta un panier à linge, grand modèle, très profond, qu'il drapa de blanc, plaça dans l'entrée, point stratégique, comme un berceau, posant délicatement Tityre, au fond, la caressant « là tu seras tranquille. Ils seront beaux, tes petits, je les aime déjà. »

Un soir, vers minuit, Tityre ira chercher Abel à son bureau et le conduira au berceau. Je voulais voir. Aussi Abel placera-t-il une chaise à côté du berceau, pour moi, vue plongeante. Ce fut lent. Douloureux. Il y eut d'abord un petit, affreux. Tityre le lécha amoureusement. Le drap était tout propre, juste un peu de sang. Il y en aura cinq. Comme le père. Tous moches, du genre quart de queue, mal tachés, tellement mignons. Le jour se levait, ils tétaient déjà. Tiffany se rendit comme une folle à la cuisine pour faire ses besoins. Sans doute s'était-elle retenue toute la nuit, derrière la porte de la chambre d'amis. Force est d'avouer qu'elle était devenue folle, folle de douleur aussi, ce n'était pas celle de l'enfantement, si folle que je gardais les petits monstres goulus pendant que Tityre allait se restaurer, boire ou se faire une petite beauté. Elle était devenue famélique, les petits la dévoraient. Abel enverra un télégramme aux parents de Tityre pour annoncer la bonne nouvelle, promesse tenue, mission accomplie, et forcera Pierre à venir sabler le champagne avec Marie, autour du berceau. Je montais la garde. Les petits profitaient à vue d'œil. Tiffany soufflait systématiquement en passant près du berceau et soufflera sur les petits quand ils commenceront à s'échapper. Il fallait continuellement les remettre dans le panier. Je me régalais de les lécher un peu. « Merci Tiffauges » me dira Tityre. Elle ne m'appelait, et ne m'appellera plus jamais Patapou. J'ai dû maigrir moi aussi d'un ou deux kilos. Je ne voulais pas les laisser seuls, à cause de Tiffany et manquais à l'appel de presque tous les repas. Tityre était épuisée. Et moi, comme un sphinx, à côté du panier, la fierté d'Artaban, j'étais le père, j'étais là.

Un soir, Abel était sorti, les petits étaient dans le panier, en boule, repus, gavés, autour du ventre de leur mère, ils dormaient et moi, fidèle au poste, à moitié endormi, le système clin d'œil, je surveillais. Tiffany s'approcha de moi, comme elle le faisait quand elle voulait un câlin, en titubant. C'était d'une autre ivresse. Sans rien dire, elle aura des spasmes, elle bavera en me fixant du regard, tombera brusquement. Raide. Morte.

TRENTE ET UN

LA cruauté se terre aussi dans l'art d'achever le chapitre sur une image forte. Cet artifice me fait mal et me pointe du doigt. Je n'ai rien décidé, tout s'écrit, on a la voix au chapitre ou pas. On la prend, elle vous saisit, il n'y a plus de jeu de mots. Abel avait écrit si souvent qu'il était *hors jeu, hors je, hors de lui*. Plus il s'écartait, tendait la main et les bras vers l'autre, truchement et trébuchement des mots, brandi, toujours à double tranchant, plus il ne faisait, plongée, que se livrer lui, lui et lui, seul, seulement. Le vétérinaire alerté dira « elle a eu un transport au cerveau. C'est rarissime ». Voilà un superlatif qui pare encore le souvenir de ma belle première.

Quand Abel rentra, seul, tard dans la nuit, Tityre dormait toujours avec les petits, je n'avais pas quitté mon poste. Il comprit tout de suite ce qui s'était passé aux traces de bave sur la moquette bleue ainsi qu'à la raideur des pattes arrière, comme si Tiffany avait pris un ultime élan. Abel n'alluma pas la lumière. La lueur venue du quai suffisait. Je crois qu'il pleurait. Il prit la panière en osier, fit un lit de linge à lui, du linge blanc et coucha Tiffany délicatement, un peu de travers, la recouvrit et ferma la panière, nettoya la moquette. Il sortit et je le vis, sur le quai, devant l'immeuble, poser la panière dans la poubelle commune que Cahin-Caha sortait chaque soir pour la benne du matin. Le jour pointait. De derrière la fenêtre, Abel et moi guetterons le passage du camion en question, glouton des ordures. Le jour se leva. La benne passa. On vit la panière broyée par les grandes dents de fer, à l'arrière du véhicule. Adios Tiffany.

Abel et moi restâmes à la fenêtre jusqu'à ce que le camion disparaisse au bout du quai et même un temps après. Abel me prit dans ses bras, me serra très fort, et m'embrassa sur la tête, entre les deux oreilles, un gros « poutou » comme disait Barbara. Le jour s'était levé. Les petits venaient de se réveiller. Déjà ils tétaient. Tityre n'avait rien vu, rien entendu. Elle dormait, épuisée. Je ne lui dirai jamais la vérité. Jamais elle ne me posera aucune question au sujet de cette disparition. Pour les humains, ça se passe comment?

Le vétérinaire avait conseillé à Abel de faire opérer Tityre avant la fin du sevrage. Abel partit donc un matin avec elle, me laissant les petits diables, je servis de *cat-sitter* pendant la journée. Ils faisaient déjà tous les cinq le chemin de la cuisine et grignotaient dans mon auge, se bousculant, pattounettes dans la pâtée. Abel revint, le soir, avec Tityre, flanquée d'un bandeau autour des reins et du bas-ventre et de deux chatons gris, qui avaient été déposés anonymement devant la porte de la clinique vétérinaire, le matin même, dans un carton à chaussures, avec de l'argent pour que le docteur les endorme. « Un scandale, avait-il dit, c'est révoltant. » Abel avait décidé d'essayer de les donner le lendemain avec les autres cinq. Des visites étaient prévues. Au lieu d'en donner un à chaque personne, il en donnerait deux fois deux et trois fois un. La beauté des deux nouveaux ferait oublier la laideur des autres. Pendant la nuit, une seule nuit, Tityre aura donc sept chatons. Elle s'occupera des siens d'un côté, des autres de l'autre. Huit jours plus tard on lui retirera les points de suture. Le lendemain, nous partirons pour la maison du Sud, Tityre et moi, tous les deux, dans la malle. On oublie vite celles et ceux qui s'en vont. Tiffany, c'était du vif-argent. Une personne. Une vraie.

Tityre reprit des forces, de jour en jour. Son poil redevint soyeux. Elle se remit au langoureux mais ce n'était pas vraiment comme avant. Citronnelle ne chantonnait plus en faisant la vaisselle. Il était question d'un nouvel appartement à Paris, loin des quais, derrière la Bastille, une rue perdue, premier étage, en angle, avec une terrasse tout autour, une pelouse sur dalle de béton et une haie de troènes. « Tout ça pour eux », disait Abel en expliquant qu'il avait fait faire un trou dans le béton, au marteau piqueur, sous la fenêtre de la cuisine, un flip-flap, un bout de tunnel et un second flip-flap, pour que nous puissions sortir à notre guise. Mais je n'imaginais plus avec autant de plaisir. Un camion stationnait au milieu de la forêt de ma tête, les grandes dents de l'arrière, baissées, avec un panier broyé. Rien ne s'invente, il suffit d'oser. Et ceux qui dosent, mentent. Dommage. Hommage. Je les salue bien haut. C'était un panier d'osier. Rien ne s'invente.

Au moment du prix, le maire du village avait posé sur son tracteur et la photo avait été publiée dans le journal *Le Provençal*, en première page. Zézé, la postière, avait été interrogée par les journalistes. Abel se sentait désigné dans le village et, comme le chien noir était toujours aussi méchant, presque aussi méchant que les aoûtiens chics qu'Abel ne fréquentait plus depuis belle lurette, il décida de vendre la maison du Sud et d'en trouver une, pas très loin, avec un jardin et surtout un chêne. Il la trouva. L'affaire se fit. Il passera tout l'été à débroussailler le terrain envahi de genêts morts, dégageant les cades et les pins d'Alep.

La maison, vaste, conçue pour une famille, d'allure modeste, en crépi, n'avait jamais été habitée. Restait à placer un évier, une paillasse, des étagères et un lave-vaisselle dans la cuisine qui donnait directement sur la grande pièce qui deviendrait salon et bureau. La cuisine ouvrait aussi en façade et Abel ferait installer un flip-flap. Sous le terrain, la forêt. La première fois que je m'y rendrai, j'aurai l'impression d'entrer dans ma tête. Un piano, enfin, trônera dans la grande pièce. Abel se remettra à jouer en reprenant, une à une, ses partitions d'enfant. Cet été-là, tant de changements dans nos vies, Abel n'écrivait plus. Il avait eu le Prix qui, d'une certaine manière, le chassait de la petite maison, et le roman d'origine, le roman de tous ses romans précédents, le roman brut, sans travestissement, allait être publié en septembre. Un besoin d'écrire l'avait quitté comme si, enfin, il était allé jusqu'au bout de lui-même. Il débroussailla avec hargne. Déjà, à la fin de l'été, le terrain commença à ressembler à un jardin. Loin, devant la maison, le chêne, et une lumière au pied pour éclairer la nuit, avait encore plus de superbe, dégagé, branches mortes élaguées. Tityre me dira « tu n'iras pas trop loin quand nous vivrons là-haut, promis? » Je ne répondrai pas. Abel nous fera porter des colliers avec des médailles, nos noms, le numéro de téléphone du nouvel appartement de Paris et le numéro de la nouvelle maison du Sud avec chambre pour Tityre et chambre pour moi, toutes portes ouvertes, libre circulation, le flip-flap et l'appel de la forêt. Un crapaud, Léon, vivait autour de la maison. Un vrai copain. Pour la nouvelle maison acquise à si bas prix, il faut dire qu'il y avait une falaise, au-dessus, écrasante, en surplomb et une décharge de l'autre côté du terrain, qui sera fermée et sur laquelle Abel sèmera de la prairie, petites graines, énorme sac, qui donneront de hautes herbes. La maison ne s'était pas vendue depuis des années à cause de la falaise. Pourquoi inquiétait-elle celle-là? Et à cause de la décharge, un sac de graines, le tour était joué. En arrivant à la maison, on passait par un petit pont. Abel appellera la maison *Petit Pont.*

Désormais, c'était Tityre et moi, rien que nous deux. En dormant dans mes pattes, dans la malle, au retour, elle parlera en rêvant et je l'entendrai répéter le nom de Barak. Ce n'était plus comme avant. Pourtant, nous n'étions plus qu'elle et moi. Moi franchement gros et un peu vieux, et elle plus belle et roucoulante que jamais. Mais il y avait la présence d'une absente dont nous n'avions pas parlé et dont nous ne parlerions jamais. Abel, en principe célébré, était devenu encore plus ombrageux. Son père, veuf, l'appelait souvent le soir. Le père et le fils se parlaient longtemps. « C'est trop tout ça, dira Tityre, c'est trop de changements. » Le nouvel appartement de Paris lui déplut. « Il est petit, on ne peut pas s'y cacher. » Le chat de la voisine de palier sautait la haie, venait courtiser et pisser sur les baies pour se signaler. Je devais surveiller toute la nuit. « Je veux encore des petits », avouait Tityre. « Tu n'en auras plus. » J'allais chasser l'intrus. Je rentrais les pattes sales. Abel bloqua les flip-flap. Le téléphone sonnait. C'était son père. Je regrettais les bateaux dits Mouche. Et Cahin-caha. Toute une vie, c'est le début de la fin. Là, c'était vraiment le début du début de la fin.

TRENTE-DEUX

Nous voici donc bloqués, dans le nouvel appartement, avec le chat de la voisine, Paulo, ce morveux, qui venait nous narguer, de baie vitrée en baie vitrée, des deux côtés de l'appartement d'angle, devant. C'était notre pelouse, pas la sienne, et, dedans, c'était ma chatte. Je voyais bien que Tityre l'observait d'un œil en faisant semblant de dormir. Ce Paulo était du genre Barak. Tityre et lui s'échangeaient des regards. La jalousie devient alors une raison de vivre, raison inespérée, on ne fait plus la différence, on s'y tient, on s'y rive, cela préoccupe et investit tout le temps, quasiment une plaisance. Le roman d'origine, biographique, avait été publié sans grand succès et avait fait l'objet de critiques acerbes, l'une d'entre elles disant même que c'était *pipi, caca, popo* comme si Abel ne pouvait plus rien écrire de bien après le Prix, couronne d'épines, homosexualité mot étrange hérissé de fil de fer barbelé, alors qu'il avait écrit ce roman avant et ne pouvait plus écrire depuis. Mais la pelouse, la haie de troènes, l'aménagement maniaque du nouvel appartement le mobilisèrent tout comme, au premier voyage de fin d'année, le terrain devenu jardin l'employa, brouette, pelle, pioche, râteau, sarclette, souliers crottés et moi, énorme sortant, un grand flip suivi d'un grand flap. Tityre, elle, se faufilait discrètement, petit flip et petit flap. Rien qu'au bruit, du bureau ou de sa chambre, maison de plain-pied, navire échoué, couloir médian, comme une coursive, Abel savait qui sortait, qui rentrait. Et je n'avais de cesse, le museau frigorifié, tout droit sorti des forêts de la nuit, de bondir sur son bureau, de m'approcher de lui, pattounes terreuses sur pages blanches, pour lui donner un coup de tête, à la manière du bélier, afin de le remercier. Pour aussitôt repartir à la conquête des ombres. De toutes les façons, j'étais bien couvert. Tityre était plus casanière. Toujours à l'endroit le plus doux, ou sur le piano, derrière le pupitre, attendant qu'Abel joue. J'ai cru, lors du premier séjour, que nous pourrions vivre là, enfin, des jours heureux. Tiffany manquait à l'appel. Abel se remettrait bien à écrire, un jour ou l'autre. La genette fit son apparition. Ou plutôt « le » genette. Une sorte de Supercat. Un chat sauvage.

Tityre et lui s'étaient vus. Il savait qu'elle était dans la maison. J'avais déjà croisé le blaireau, le renard, la fouine à robe gris-brun et à jabot de neige, la belette, le rat des champs et surtout le mulot, des mulots par milliers, proies marrantes et faciles, également convoitées par les rapaces de nuit, dont un couple de grands-ducs, inséparables, frère et sœur, qui venaient souvent se poser sur la cheminée de la maison. Mais je ne m'attendais pas à la genette, svelte, athlétique, tout droit sortie d'une tapisserie du Moyen Age, où l'avais-je vue, ancêtre, et quand, assise à côté d'une belle dame de compagnie, en laisse, pas encore domestiquée. Il ne manquait que le lynx. Je vis le couple de sangliers et ses marcassins. Nous faisions bon ménage pour la traque, le jeu et la chasse. Mais Supercat, genette, espèce en voie de disparition, avait vu Tityre et ç'avait été pour les deux un coup de foudre tant et si bien qu'il revint rôder autour de la maison, même de jour, et je ne savais plus si Tityre jouait à la châtelaine effarouchée ou à l'amoureuse curieuse. Elle me dira simplement « il vit seul, tu crois qu'il a un réfrigérateur dans les bois? » Elle s'était trahie. Paulo à Paris et Supercat dans le Midi, c'était trop. Un premier combat loyal eut lieu et je perdis un bout du haut de mon oreille gauche. Il n'y eut ni vainqueur ni vaincu. Debout, derrière la vitre de la porte-fenêtre de la cuisine, stupéfaite et ravie, Tityre, bien au chaud, nous avait observés. L'arrivée d'Abel alerté par les cris, l'été le cri du geai ressemblera aussi à l'appel d'un chat qu'on égorge, fera fuir Supercat et j'aurai droit à un peu de Mercurochrome sur ma plaie. Les oreilles, ça ne repousse pas, j'aurai toujours la trace de la bataille. Tel le seigneur, j'avais droit de mainmorte et il me fallait non seulement défendre le territoire délimité par le débroussaillement, mais aussi ma belle, même si je n'étais plus assez jeune et valeureux. Je me mis à rêver des jours tranquilles que j'avais vécus avec Tiffany, sans le savoir, sans m'en rendre compte, en temps voulu. Elle avait donc été mon vassal. Tityre me dira, dans la malle, au retour « tu crois qu'il sera là l'été prochain? » Et ainsi de suite, je rêvais d'un peu de quiétude. « Tu ne me réponds pas? » « Tais-toi, je t'en prie. » « Je t'aime Tiffauges. » J'avais déjà entendu cela : elle aimait l'autre, le forban. Elle me léchait l'oreille « il est où, le petit bout? C'est à cause de moi? » J'ai murmuré « oui, à cause de toi ». Et nous nous sommes tenus museau contre museau jusqu'à en loucher. Le contrôleur des billets venait de passer « et ils sont où, les chats? » « Ils sont là, monsieur le contrôleur. » Ce n'était plus la même fierté pour Abel, et pour nous, également.

De retour à Paris, Paulo était tombé de la terrasse et s'était fait écraser par un camion. La voisine l'avait remplacé immédiatement par un autre Paulo, du genre maxiquidam, encore plus prompt à sauter la haie et à venir, de derrière les baies, saluer ma belle caramel. Un seul regard échangé et elle avait la queue en panache. Au poste, derrière la vitre, je faisais le lion et prenais des airs pour effrayer encore plus le nouveau Paulo. Parfois, Abel se levait et le chassait de la voix en tapant très fort dans ses deux mains. Puis il caressait Tityre qui, instantanément, de plaisir levait la croupe. Le flip-flap de la cuisine était toujours bloqué par une plaque du four électrique, bien appliquée au mur, lourde, que j'essaierai de faire tomber de nombreuses fois, sans y parvenir, avec le fervent désir d'un combat loyal. J'y prenais goût. J'étais devenu le chat à l'oreille cassée, un preux. Tityre était toute ma vie, tout ce qui me restait. Au premier inconnu, elle m'échappait « je veux des petits. Tu ne peux pas comprendre ça? » « Tu n'en auras plus jamais. » « Je veux en être sûre. Je ne peux pas te croire. Je t'aime trop. Et puis... » « Et puis? » Elle n'avait pas répondu. C'était un trop de trop. Moi, quand j'aime, j'aime tout court.

Le deuxième Paulo disparut. La voisine l'appela pendant plusieurs jours. Le soir tombé, surtout. Comme il ne revenait pas, au bout de trois semaines, il avait neigé sur la pelouse, tapis blanc, neige vierge, et si vite la boue, elle en adopta un troisième, à la S.P.A., tout noir, encore plus crasseux. La voisine changeait de chat comme de chaussettes. Cela ne faisait que raviver l'attention de Tityre « c'est pour dans longtemps l'été? » Le troisième Paulo était plus peureux. Aussi Tityre s'approchera-t-elle plus souvent de la baie et je lui donnerai des coups, je la mordrai, je la battrai. Toujours elle reviendra, fascinée. Toutes les fins étaient possibles.

Je n'aimais pas les jours présents. Cette rue bruyante. D'énormes camions livraient des tonnes de rouleaux de papier à l'imprimerie d'en face, *La Quotidienne*, c'était marqué en grand au-dessus du porche, la rue à chaque fois était bloquée, concerts stridents de klaxons, la vie de la ville, déchirante, pressée, obsédante. Quand je passais devant Tityre elle ne levait même plus la tête. Je savais, je sentais, et sentir pour nous les chats c'est pire encore que de savoir, qu'elle ne songeait qu'aux beaux jours et à Supercat, le chat fou, alors qu'elle avait l'air d'une naine comparée à lui. Ne voit-on pas ainsi des couples extravagants? Le père d'Abel appelait souvent. Je sentais à sa voix, sûre et plaintive, exténuée et catégorique, qu'il y avait de la fin pour tous, du dépit, des passions harcelantes et souveraines, tant de regrets inavoués comme si chacun de nous avait décidément et obstinément rêvé d'une autre vie que celle qu'il lui était donné de vivre. Bouleversé, à chaque appel de son père, Abel ne succombera jamais à la tentation de l'optimisme et du bon aloi sans pour cela verser dans le compatissant. Tout au fil de la lame. Nous avions perdu et ça n'avait même pas été un jeu. Abel avait également peur de ne plus pouvoir oser l'écriture. Il prenait, reprenait toujours le même texte, sans aucune situation, sans aucun mouvement, des gens qui parlaient, des personnes différentes que rien ne réunissait que la page et les phrases, des personnes qui y allaient de leurs romances respectives et qui jamais n'arrivaient à prendre la parole. La mélodie l'emportait. Il y eut le printemps. Les beaux jours. Le voyage. Dans la malle Tityre se pomponnait. La nuit de notre arrivée, alerté par la lumière aux volets, le chat sauvage se présentera et Tityre, inquiète, de derrière la vitre de la cuisine, premier rang de balcon de face, assistera à notre duel. Je m'en sortirai avec la patte avant déchiquetée. Mais je l'ai tué. A la gorge. J'avais du sang plein la gueule.

TRENTE-TROIS

APRÈS je perds la notion du temps. On connaît la fin. C'est toujours la même histoire qui recommence avec ou sans meurtre. On veut seulement savoir si l'histoire que l'on vit va faire la différence. Pendant tout l'été j'ai clopiné. On m'a fait des piqûres. Un chat à trois pattes n'a pas l'air d'un vainqueur. Je n'eus même pas le droit au repos du guerrier. Le chat sauvage a dû aller mourir un peu plus loin, dans sa garrigue, dans sa cache, chemin de sang, je l'ai saigné, une jugulaire. Il était pourtant deux fois plus grand que moi, mais je l'ai eu droit, net, là où l'on tue en mordant très fort, parce que Tityre nous regardait, parce qu'Abel n'allait pas tarder, réveillé, alerté, comme la première fois à nous séparer d'un cri, par peur pour moi et parce que j'avais le dessein féroce de jours tranquilles, un fantastique souhait de belle fin de vie pour nous trois, mais la mort qui avait déjà empiété gagnait du chemin. Tityre se mit à chasser le lézard, le papillon, la sauterelle et les petits insectes, toujours autour de la maison, jouant à l'effarouchée pour un rien. Ça ne m'amusait plus. Je sautillais couci-couça. J'allais me cacher, en contrebas, dans le bois. Je chasserai le mulot, par dépit, malgré tout. J'irai déposer mes proies sous le fauteuil du bureau d'Abel qui n'aura plus, l'air dégoûté, qu'à prendre la pelle et le balai pour aller les jeter toujours au même endroit, dehors, mon cimetière de chasse. J'essaierai même, après l'avoir ensuquée, de rapporter une longue couleuvre. J'aurai du mal à la faire passer par le flip-flap, car je pouvais à peine poser ma patte avant gauche. Abel nous surprendra à ce moment-là, sans aucun plaisir, alors que je voulais le distraire un peu. Il m'a fallu renoncer aux trophées. J'avais cru gagner l'estime de Tityre et je me sentais ridicule. Elle garda la maison, hôtesse idéale, je gardais le jardin, territoire sacré. Abel n'écrivait plus que des premières pages. Ensuite l'an d'après, il n'écrira plus que des lettres. Il disait, d'une lettre, qu'elle était un roman en soi, le plus parfait peut-être. Il avait une foule dans la tête.

Le terrain était pentu. Abel traçait des saignées perpendiculairement à la pente « comme les Chinois » disait-il, « pour éviter que ça ravine ». Il piochait, sarclait, grattait avec rage et secrète jouissance, dans la pierraille, le tout-venant placé là par les constructeurs de la maison pour une entrée de garage. L'argile affleurait, il creusait encore, recomposait le paysage et moi je l'observais, assis, couché sur le flanc, étalé, ravi, toujours attentif. Avec lui.

J'ai toujours dormi seul. A part. Dans mon coin. Je ne vis jamais Abel partager son lit. Pour le territoire de la nuit, nous étions lui et moi de grands solitaires. Ce qui pourrait expliquer ses ruptures successives tout autant que mes échecs avec ma Belle N° 1 et ma Belle N° 2. Car cet été-là, sorti clopinant mais indemne, d'un combat fatal pour l'adversaire, au lieu de gagner Tityre, je venais de la perdre. La poudre d'or de ses prunelles s'était ternie. Elle me parlait moins. Ou peu. Ou plus. Je l'avais blessée. Elle aussi. Au jardin, j'avais besoin de la compagnie d'Abel. S'il rentrait dans la maison, j'allais en contrebas, dans le bois, tant bien que mal, je récupérais très lentement l'usage de ma patte avant gauche, et je m'endormais à l'ombre d'un buisson. J'avais l'impression de me faire une petite place dans ma tête. Illusions perdues? J'entendais Abel, au piano. J'imaginais Tityre en train de tourner les pages des partitions. Elle avait également besoin de lui. L'écureuil se signala. Tityre croira à un semblable et, la queue en panache, essaiera de grimper dans les arbres, de bondir d'une branche à l'autre. A chaque fois, badaboum. Des coups de folie. Comme ça. Et des éclats de rire. Même si un vague chagrin de la vie nous minait, elle, moi et Abel. Seul, Léon le crapaud se tenait au pied des murs, tout autour de la maison, toujours prêt à gober une bestiole. Il était vieux, fripé, il avait de la sagesse, notre présence l'indifférait. Il avait compris la vie, lui. D'Abel, et par conséquent de nous, j'écrirai ceci : l'amour le rendait fou, le malheur le tenait, la mélancolie allait le faucher et moi avec. Pour l'amour, il coupait court. Il quittait avant même d'avoir rencontré, plus jamais aucun embarquement et une frayeur enfantine des mirages quand ils tiennent en otage. Le mounon régulier d'il y avait déjà quelques années me paraît être à ce jour, trop tard, après, à l'instant de cette ligne, sa seule liaison amoureuse considérable. Durable, un peu. Pour le malheur, il ne savait pas s'y complaire, confort et instinct de conservation de certaines et de certains. Pour la mélancolie, ce n'était que de l'obstination à l'encre et à la page, une idée fixe, une volonté brutale de la livrée d'où le péril qui nous entraînera tous les trois, chacun comptant sur l'autre alors que nous n'attendions plus rien. Un peu de compagnie, c'est tout. Il y aura même rupture avec Citronnelle qui venait encore de l'ancien village, amoureusement, douloureusement, pleurnichant, rangeant rageusement la vaisselle et qui, lors de sa dernière visite, laissera une bombe à retardement : trop de mousse pour décaper le four, scrupuleusement, sur toutes les parois, et, à l'heure du tilleul du soir, la cuisinière explosera. Clara, plus jeune, timide et douce, la remplacera, heureuse de la nouvelle maison, s'arrangeant toujours pour venir quand Abel n'était pas là, par peur, comme une ferveur. Le sentiment, oui; le sentimental, non.

A l'automne, à Paris, il y aura la mort du père d'Abel. Je ne sais pas si mon père est mort. Je ne sais pas qui est mon père. Il est même peut-être encore en vie, lui. Abel dira « je n'ai plus personne devant moi » et pensera à ce moment-là « c'est fini ». La peine ne se résume pas. Si on y touche, elle prolifère. Inutilement. Abel sera plus pressant en nous caressant. Un soir, il me prendra dans ses bras, un peu maladroitement, j'étais si gros, et je donnerai un coup de reins en le griffant sans le vouloir sous la mâchoire, griffe plantée net. Profondément. Ça saignera. Abel passera de l'alcool, me coupera les griffes le lendemain, c'était normal. Ça s'infectera et il fera un séjour de quinze jours à l'hôpital, sous perfusion, suivi de plusieurs mois sous antibiotiques. Pâle, maigre, squelettique, des rumeurs se mettront à courir sur son compte. Alors qu'il n'avait été, par ma griffe, atteint qu'aux branchies, car nous sommes poissons dans le ventre de notre mère, et tout s'était infecté, chaîne de phlegmons. Opération. Traitement de choc. Paulo III venait traîner sa noirceur derrière les baies. Tityre ne le regardait même plus : j'avais tué son Tarzan de rêve. Tant de signes accumulés. Au premier jour de l'été, un bref message de l'ogre annoncera la mort de Mounette avec une photo de ma mère couchée devant une cheminée. Le jardin, lui, devenait beau. Barbara, après tant d'années, nous rendra visite. Comment tout lui raconter? Les mots contiennent tant et si peu. Elle revenait trop tard.

TRENTE-QUATRE

J'AURAIS pu m'en tenir à mon poil, à mes silences, à mes lèche-mimines, mot inventé, mais pour le chat, le chien, la belette ou la chouette, la fourmi ou le scorpion, il faudrait réinventer tous les mots. « Un chat n'a pas de conscience », dira celle-ci. « Un chat ne pense pas », affirmera l'autre. « C'est du décalquage », lancera l'autre. « Stratagème » glissera le barricadé ou la cadenassée. Voici que *Une vie de chat, roman*, par Tiffauges, chat, s'achève. Je ne me doutais pas, en me mettant, post mortem, à l'ouvrage, à quel point nous avons ceci de commun avec l'humain que nous sommes impitoyablement et sans même parfois nous en rendre compte, cruels, voire sanguinaires. Gare à celle ou celui qui se penche et qui dit. Acteurs principaux, Tiffany, Tityre et Abel. Ça va très mal se terminer. Tout le problème, éternelle curiosité dramaturgique, est de savoir dans quel ordre chacune et chacun vont sortir de scène. J'étais encore hanté par l'image d'un panier d'osier broyé par les dents d'acier d'un camion à ordures, un certain matin. Au fil des jours, passaient les saisons et les ans, je n'étais pas sans me demander si, bien que n'ayant rien vu du berceau, Tityre n'avait pas entendu et compris ce qui s'était passé. Le malheur est consommé de manière bien ordinaire et, devant lui, tant et trop ne sont que fuyards. L'amour implique toutes sortes de désertions et d'abandons. Je ne suis pas en train de plaider, ni victime ni coupable, ni bonne ou mauvaise conscience, mais de la vie à l'état brut, ni espoir ni désespoir, de la vie rêvée, toujours recommencée, avec d'insupportables et injustes mises à l'écart. On est mis à l'écart et on se met également à l'écart. Nous étions devenus comme Abel, minés, anxieux et attentifs, comment faire la différence, il y a tant d'affection dans l'attention, tant de cruauté également car elle exclut. Je voulais quitter la scène avant Abel et pouvoir dire ma fin, pas la sienne. Je voulais partir avant Tityre. Et lui manquer. Pourquoi cacher la vérité? Je voulais qu'elle souffre un peu de moi puisque je n'avais pas su la conquérir. Elle était plus belle que jamais, se refusait, j'espérais encore. C'était à moi de quitter la scène en premier. Seulement, à ce prix, à cet acte, je pourrais témoigner, écrire, ici, maintenant.

Le temps du chapitre dernier n'a rien à voir avec le temps réel. Nous étions heureux cet été-là. Barbara était revenue. Tiffany, ma belle, ma farouche, mon obstinée, manquait à l'appel. Et chacun de nous quatre taisait cette absence. C'était vrillant. *Modus vivendi* et *motus bouche cousue*, cela peut paraître enfantin. Le chaton cherche toujours le téton.

Le roman des lettres allait tenir Abel un an durant. L'été et l'automne d'abord, tome I. L'hiver et le printemps ensuite, tome II. Quatre saisons. La foule à chaque page. Chacune, chacun, y allait de sa petite lettre. Des imaginées et des imaginés, mais imagine-t-on vraiment, au vif du texte? Au retour, à Paris, nous découvrirons un vaste appartement, des colonnes partout, du parquet dans le salon qui servait de bureau, du marbre dans les autres pièces, et un peu de moquette dans la chambre unique, le tout en enfilade, du parfait pour les cavalcades et un contact nouveau pour les pattounettes. Tityre dira « un vrai palais. Ça me va ». Combien de fois glissera-t-elle, en courant, poursuivie, sur le marbre de l'entrée, « comme un cygne sur un étang glacé », dira Abel. « Ne me touche pas, je me suis fait mal. » La queue plus interrogative que jamais, elle jouait à l'irréelle, à la sublime, à l'inviolable. C'était selon les jours. Ou bien elle ne jouait pas, elle y croyait, ultime pantomime. Voulait-elle me prouver qu'Abel l'aimait plus que moi? Elle ira jusqu'à me dire « appelle-moi Lady Mimodrame, ou Mimo tout court, tu veux? » Pour qui se prenait-elle, brusquement?

Il ne me resta qu'à observer une belle chatte grise, de l'autre côté de la rue, dans une cuisine. Elle se postait là. Elle attendait toute la journée que je vienne la voir et nous nous parlions du regard. Tityre se fâchera une seule fois « à l'affût, vieux grigou? » Les colonnes étaient fausses et creuses et l'immeuble ancien. Les souris passaient dedans pour se rendre du plafond du premier étage au sol du troisième. Je suivais leurs allées et venues, du regard, de haut en bas, de bas en haut, excellent exercice pour les cervicales. Je signalais ainsi leurs passages. Cela faisait sourire Abel. Il écrivait, je veillais. Tityre, elle, jouait à l'écureuil dans la chambre tendue d'une vilaine toile de billard, verte, qu'Abel n'avait pas fait changer, la décoration d'avant, pas son genre vraiment. Tityre escaladait le mur à gauche de la cheminée et allait se réfugier sur la dernière étagère, la chaleur monte, derrière les livres. Nouveau jeu, la belle douillette ou l'irrésistible disparue. Elle se tiendra là jusqu'au printemps. Il y aura une fête, un dimanche. Mais ce n'était plus l'ambiance d'avant. Abel était définitivement tombé dans une bouteille d'encre. Je ne retrouvais plus les chemins des forêts de ma tête pour les avoir vécues, savoir désormais qu'elles m'appartenaient, avec des buissons et un chêne, ainsi que la fuite d'un chat sauvage, blessé à mort, regagnant son refuge, tellement plus fougueux et valeureux que moi.

L'été suivant Barbara reviendra. Abel était perdu. La douleur l'emportait désormais sur la bonne humeur, le bonheur feint qui est de rigueur et sied aux bons rapports, malgré tout, quand chacun se tait et se terre, n'avait plus cours. Il y aura de la violence et des cris. Barbara s'en ira effrayée. Tityre fera la distante plus que jamais. Je découvrirai les lapins et leurs trous. Je passerai des jours entiers à les attendre. Inutilement. Ils savaient que j'étais là et, de terrier en terrier, vite, ils se passèrent le mot. J'aurais voulu simplement jouer avec eux, surtout les petits. J'avais été seul à téter Mounette. Tityre, elle, ne sortira de la maison que le matin, pour le passage du courrier, une caresse du facteur, sur la boîte aux lettres, en bordure de route, avec discret regard aux alentours au cas où Supercat serait revenu, et au crépuscule, « à la fraîche » comme on dit là-bas, pour quelques galipettes dans l'herbe, la capture d'un petit lézard ou d'un papillon éphémère. Abel avait achevé le roman des lettres au dernier jour du printemps. Depuis, il avait l'air délaissé, fourvoyé, floué. Il dormait beaucoup. Le silence, au pied de la falaise, aidait. Le matin, nous avions faim. Tityre s'approchait de moi, l'air câlin et malin, je chavirais. Elle me donnait l'ordre, derrière la porte de la chambre, de réveiller le maître. « Vas-y. C'est à toi de le faire. » J'exécutais. Avec le secret espoir d'encore lui plaire ou de la séduire vraiment, une fois pour toutes, ultime donne. Alors je miaulais. Très fort. Bêtement. Jusqu'à ce qu'Abel, nu, ouvre la porte, furieux, « ça va, Caruso, j'ai entendu ». Nous filions droit devant lui, le long du long couloir médian, jusqu'à la cuisine où il nous servait le premier repas de la journée et préparait son café. La table était mise, pour lui seul, depuis la veille. La journée commençait. Tityre allait attendre le passage du facteur. Elle faisait sa toilette sur la boîte aux lettres. L'air quitté, lointain, comme s'il s'éloignait, Abel buvait son café. Je sortais. Nous nous séparions pour la journée. Je ne sentais pas venir la fin mais une fin. L'histoire de deux n'est rien sans les autres, ce qu'on a fait et ce qu'on n'a pas fait pour eux, le tout en vrac, et les autres révèlent, invitent ou accusent. Je n'avais plus la force de ne pas me sentir coupable. Abel non plus.

Pour Tityre, je ne saurai jamais. Je devine seulement qu'après ma mort, elle s'est laissée mourir. Abel ne buvait pas, ne se droguait pas. Il attendait, en solitaire, maniaque, intolérant, ce qui ne se produirait pas. L'attente, en soi, aurait dû suffire à la compagnie. Même pas.

A la fin de l'été, il se rendra à un mariage. Emile et Marie-France, des amis voisins, s'occupèrent de nous en son absence. Abel aura un malaise après la cérémonie, au lunch. Il n'alertera personne. Il ne voulait pas troubler la fête. Le lendemain de son retour, nous repartirons pour Paris. Abel avait trop de globules rouges, un million ou deux de trop et cela depuis longtemps. Le professeur de médecine spécialiste du sang, une fois encore consulté, après tant et tant d'années, lui dira cette fois « faut vivre avec ». Abel était né avec ce sang-là. Un sang d'encre.

Abel était né, également, avec le mal de vivre. Tout le monde l'a plus ou moins. Pour lui, c'était plus que plus. Et moi avec.

Tityre me dira, dans la chambre verte, comme un aveu, c'était plus fort qu'elle, tout son charme « je ne sais pas comment lui dire que je l'aime », puis « dis-lui que je l'aime, toi! » et enfin « il me fait peur ».

Ce n'est pas un truc, mon histoire, c'est mon histoire. J'aurais dû commencer comme ça. Il n'y a que celles et ceux qui refusent d'être ce qu'ils sont, pour voir du montage et de la supercherie là où il n'y en a pas. A l'appel des êtres, le combat est perdu d'avance, faire front ne se décide pas, et puis on recommence. On se dit que ce ne sera jamais totalement un dialogue de sourds. On revient à l'assaut. On se cogne. Même quand on aurait pu se contenter d'une vie de chat comme les autres. C'est quoi une vie de chat comme les autres? C'est moins drôle si je rappelle et redis, ici, que dans l'unique texte où Abel avait parlé de nous, j'avais été décrit comme le seul chat ayant lu *L'Etre et le Néant*, du début à la fin. Une manière de bonne humeur. Non, pas une manière, un état, une grâce, une ponctuation, pour bon an mal an, dans l'acharnement au front et l'obstination à la barricade, se frayer un chemin, vivre et survivre.

Abel s'était rasé les moustaches. Il retrouva très exactement le visage de son père. Tityre m'avait dit « pourvu qu'il ne nous fasse pas la même chose ». Abel partira pour le Canada, voyage pendant lequel Fanny et Charli, des amis voisins, s'occuperont de nous. A son retour, nous redescendrons dans la maison du Sud, au pied de la falaise. Abel voulait préparer le jardin pour l'hiver. L'ouvrage du jardin ou l'ouvrage des pages, c'est le même travail. Abel s'était remis à écrire, à partir d'une histoire de carpe « mangée vive » que Fanny lui avait racontée : une émotion de départ. Curieux repas. La carpe était cuite, ébouillantée, la tête hors de l'eau. Quand on la mangeait, la tête vivait encore.

En fin de semaine, un mounon était venu. En allant à sa rencontre, juste avant de partir, Abel nous avait dit « il y a longtemps que je ne suis pas allé chercher quelqu'un à la gare ». Comme je l'avais regardé intensément, il avait ajouté, pressé, toujours trop en avance pour ne pas être en retard, « une autre fois, je te dirai ». Tout recommençait : le jardin, un roman, un amant. « Qu'est-ce qu'il fait avec eux? » me demandera Tityre. Je crois que j'ai répondu « c'est indifférent ». La réponse était subtile. Tityre fera semblant de ne pas avoir entendu. Donc ça ne compte pas. Mais je le note.

Dans la nuit de vendredi à samedi, ils dormiront ensemble, dans la chambre du bout du couloir. Le samedi, toute la journée, ils jardineront, je les surveillerai pendant que Tityre gardera la maison. Le samedi soir, après le dîner, ombrage, déjà, entre eux deux. Plutôt que de se fâcher, Abel ira jouer du piano comme il n'en avait jamais joué, c'était beau. Ils feront chambre à part et Tityre sera obligée de venir dormir avec moi dans l'autre chambre d'amis, elle sur l'oreiller et moi au bout du lit, inquiet, dehors le vent soufflait et se fracassait contre la falaise. Le lendemain matin, Abel, de sa chambre, appellera au secours. Il s'était réveillé, tombé du lit, au bout du lit, incapable de se relever. Le mounon ami alertera un médecin. Il y aura une ambulance. Une civière. Un lit à roulettes, très étroit, tout le long du long couloir, nous derrière et Abel dans le coma. Pas question de réclamer à manger. Je ne voulais pas qu'Abel parte avant moi. Il vit encore, je le sais, mais dans quel état? On ne sait que ce que l'on sent.

C'était novembre. Un dimanche. Le ciel était si gris que la falaise avait l'air claire, lumineuse, choquée par le vent. Pourquoi Abel avait-il rasé ses moustaches? Pour retrouver le visage de son père? Interroger? Ç'avait été saisissant. A niveau de chat, on voit tout, on écoute tout, on a des projets. Le téléphone sonnait. Nous ne pouvions pas répondre. Le facteur passait mais ne s'arrêtait pas. Tityre ne sortait plus. Il faisait trop froid. Emile et Marie-France, les amis voisins, s'occuperont de nous mais nous n'avions plus faim. Ou peu. Nous voulions seulement qu'Abel revienne et que tout recommence comme avant. C'était si bien, avant, finalement. « C'est où, le coma? » me demandera Tityre. Ce n'était plus drôle. C'est la dernière chose qu'elle me dira. Nous n'étions plus rien, sans Abel, même si on s'occupait de nous. Il n'y avait plus de feux de bois dans la cheminée. Emile me dira « Abel est sauvé. Il se battra. Il reviendra ».

Mais le troisième dimanche après l'accident, je n'en pouvais plus d'attendre et c'était mon tour. Tityre s'était réfugiée frileusement, effarée, sur le piano, derrière le pupitre. C'était le jour de la chasse et des chasseurs. La falaise faisait écho aux coups de feu. Une petite bise à Tityre, sur le bout du nez, un grand flip suivi d'un grand flap, et je me mettrai à courir dans le bois de ma tête, en contrebas, jusqu'à ce que « pan! »

Lac Majeur. Octobre d'une année. Février de l'année suivante. A tous ceux que j'ai oubliés. Et dont je me souviens.

DU MÊME AUTEUR

Romans :

LADY BLACK, 1971, Flammarion.
ÉVOLÈNE, 1972, Flammarion.
LES LOUKOUMS, 1973, Flammarion.
LE CŒUR QUI COGNE, 1974, Flammarion.
KILLER, 1975, Flammarion.
NIAGARAK, 1976, Le Livre de Poche.
LE PETIT GALOPIN DE NOS CORPS, 1977, Laffont.
KURWENAL OU LA PART DES ÊTRES, 1977, Laffont.
JE VIS OÙ JE M'ATTACHE, 1978 (épuisé).
PORTRAIT DE JULIEN DEVANT LA FENÊTRE, 1979, Laffont.
LE TEMPS VOULU, 1979, Flammarion.
LE JARDIN D'ACCLIMATATION, 1980, Flammarion.
BIOGRAPHIE, 1981, Flammarion.
ROMANCES SANS PAROLES, 1982, Flammarion.
PREMIÈRES PAGES, 1983, Flammarion.
L'ESPÉRANCE DE BEAUX VOYAGES ÉTÉ/AUTOMNE, 1984, Flammarion.
L'ESPÉRANCE DE BEAUX VOYAGES HIVER/PRINTEMPS, 1984, Flammarion.
LOUISE, 1986, Flammarion.
FÊTE DES MÈRES, 1987, Albin Michel.

Théâtre :

THÉÂTRE 1, 1973, Flammarion : Il pleut si on tuait papa-maman; Dialogue de sourdes; Freaks Society; Champagne; Les Valises.
THÉÂTRE 2, 1976, Flammarion : Histoire d'amour; La Guerre des piscines; Lucienne de Carpentras; Les Dernières Clientes.
THÉÂTRE 3, 1979, Flammarion : September Song; Le Butoir; Vue imprenable sur Paris; Happy End.

Pour enfants :

PLUM PARADE, OU 24 HEURES DE LA VIE D'UN MINI-CIRQUE, 1973, Flammarion.
MON ONCLE EST UN CHAT, 1981, Éditions de l'amitié.

IMPRIMÉ EN FRANCE PAR BRODARD ET TAUPIN
Usine de La Flèche (Sarthe).
LIBRAIRIE GÉNÉRALE FRANÇAISE - 6, rue Pierre-Sarrazin - 75006 Paris.
ISBN : 2 - 253 - 04319 - 2 30/6398/9